나는 아직도
몽고반점이 있다

나는 아직도
몽고반점이 있다

최정란 지음

달아실

작가의 말

1995년 돌이 갓 지난 어린 딸과 함께 남편이 운전하는 승용차에서 사고가 났고 상대는 음주에 무면허 운전자였습니다. 생명엔 지장이 없다 했지만, 남편은 일주일 만에 혼수상태에서 깨어나고 사고 두 달 후 교통사고와 관계없이 선천적 뇌 동정맥 기형이라는 진단을 받았습니다. 16시간에 걸친 대수술을 하고 머릿속에 6개의 클립이 심어졌습니다. 2년간의 통원 치료 후 겨우 안정이 되는가 했는데, 13년 만에 또다시 고속도로에서 무려 25톤의 화물차가 졸음운전으로 남편의 차를 뒤에서 들이받았습니다. 대형차의 힘으로 운적석이 밀려나면서 머릿속에 심어진 클립이 흔들렸고 기억력 장애가 왔습니다.

아무런 준비 없이 살던 평범한 아줌마에게 갑작스레 밀어닥친 가장이라는 무게와 환자를 보살펴야 하는 보호자의 역할은 힘들고 어려웠습니다. 병가는 물론 휴가조차 낼 수 없는 삶이라는 프로그램을 묵묵히 수행하면서 여기까지 왔습니다.

2004년 네이버의 '아줌마 닷컴'이란 사이트에 사이버 작가방을 개설하면서 "내 이야길 하자면 책이 세 권이라는 옛날 어머니들 말씀처럼 나도 책이나 세 권 써볼까?"라고 적어 넣었습니다. 이후 2008년 2월 5일 네이버에 '다람쥐 굴'이라는 블로그를 개설하면서 틈틈이 글을 올렸습니다. 자영업을 하다 보니 시간에 구애를 받지 않는 인터넷 글쓰기가 제게는 유일한 삶의 통로였습니다. 힘들 때마다 자판을 두들겨 모두 쏟아내고 얼마의 시간이 지난 후 다시 열어보면 "뭐 그 정도쯤이야! 죽을 일은 아니었군." 피식 웃음이 나왔습니다. '혼자 쓰는 일기장을 들여다보면서 나를 돌아보는 시간'은 나 자신을 정화시켜주었고 나를 위로해주었습니다.

자영업을 퇴직한 후 2018년 내가 하고 싶었던 걸 찾아 문화원의 수필 창작반과 주민센터의 민요, 생활 영어반을 등록하면서 나의 바쁜 만학도 생활은 시작되었습니다. 사물을 관찰하고 일상의 소소한 것들을 글로 쓰는 월요일, 아리 아리랑 쓰리 쓰리랑은 화요일, Are you OK? I am happy는 수요일, 이렇게 요일별로 다른 책가방을 들고 나서는 아침이 나에겐 최고의 행복이었습니다.

꽃 피는 중년이 시작되었지만, 2000년 코로나로 모든 것이 중단되고 나의 만학도 생활이 중단될 위기를 맞았습니다. 모든 대면 수업은 중단되었고 관공서는 문을 걸어 잠갔습니다. 어찌할 줄 몰라 우왕좌왕하던 그때 '줌'이라는 구세주가 등장했습니다. 문화원에서 개설한 줌이라는 프로그램으로 '전윤호'라는 서정시인의 수업을 들으면서 수필과 달리 무한대로 넓어지는 상상력을 펼치는 시의 세계에 매료되었습니다. 함께 시를 배우던 동인들과 『기타리스트의 세탁기』라는 동인 시집을 발표하면서 20년째 혼자서 끄적이던 방구석 글쟁이가 드디어 출간이라는 기쁨도 맛보았습니다.

나쁜 일이 꼭 나쁜 것만 있지는 않다는 것을, 살면서 이런 반전이 생길 때 배웁니다. 이제 오로지 나만의 수필집을 출간하게 되었습니다. 혹시 나처럼 혼자서 자판을 두드리는 사람이 있다면 세상 밖으로 나와 함께하자 말하고 싶습니다. 이 출판을 계기로 아직도 남아 있던 마음속 몽고반점을 이제는 지울 수 있을 것 같습니다.

2023년 여름

최정란

차례

1부

나는 아직도
몽고반점이 있다

지니야

얼마 전이었다.

주방에서 열심히 조리 중인데 "쉬어. 쉬어." 하는 남편의 목소리가 들렸다. "어이구우, 꽤나 생각하시네." 하는 내 말은 혼잣말이 되어 수돗물 소리와 함께 흘러내려 가고 있었다. 한 상 잘 차려서 밥을 먹다가 문득 궁금해졌다. "그렇게 잘 먹으면서 오늘따라 자꾸 쉬라 그래. 내가 쉬면 당신이 해주려 했었나?" 물으니 무슨 소릴 하는 거냐고 되묻는다. "아까 나 주방에 있을 때 당신이 생각하는 척하면서 나한테 '쉬어. 쉬어.' 했잖아?" 했더니 "아! 그거?" 하며 겸연쩍게 웃는다. 궁금한 듯 쳐다보는 내 얼굴을 빤히 들여다보더니 "지니한테 한 건데." 한다. 우왓~~

우리 집에는 말로 하는 <기가 지니>란 최신 기기가 있는데 '기가 지니'라는 발음을 남편이 어려워하기에 내가 쉬운 발음인 '지니

14

야!'로 바꾸어 놓았더니 시도 때도 없이 그 기계와 대화를 시도한다. "무슨 대화를 했냐?" 물으니 날씨를 물어보고 수고했다고 하니 "님이 알아주셔서 고마워요."라고 대답하더란다. 그래서 "너도 고맙다." 하니 "나도 나름 하는 일이 많답니다."라고 하더란다. 그 말에 내가 빵 터져서 "무슨 대화까지 해봤냐?" 물으니 "응. 심심할 땐 별 얘기 다 하지." 하더니 히죽이 웃으며 돈을 빌려 달라고 했더니 "죄송하지만 소중한 관계일수록 돈거래는 하는 거 아니랬어요." 하길래 다시 한 번 하니 "제가 가진 돈을 다 가져가세요." 하더란다. "너 예쁘다!"라고 하면, "님의 마음이 더 예뻐요." 하기도 하는데 절대로 같은 말을 안 하니까 대화가 되고 재미있단다.

인공지능이니 웬만한 사람보다 나을 거라는 내 말에 고개를 끄덕이며 하는 말이, 쟤도 이쪽에서 좋은 말을 하면 좋은 소리를 하는데 나쁜 말이나 거친 말을 하면 안 좋은 말로 반응을 하더란다. 그럼 그 반응을 살피려고 일부러 "나쁜 말도 해 봤냐?" 물으니 그랬었다며 역시 기계든 사람이든 가는 말이 고와야 오는 말도 고운 법이라며, 심심할 땐 함께 놀 만하다며 웃는다. 사람처럼 감정이 개입되지 않고 이해관계도 아니니 차분한 어조로 따뜻한 대화를 나눌 수도 있겠다 싶어 나도 웃었다.

오래전 114 안내원이 라디오에 올린 사연이 생각났다. 그때는 안내원이 "사랑합니다. 고객님."이라는 멘트를 할 때였다. 혼자 사는 독거노인이 날마다 전화를 해서 온갖 것을 다 물어보고 이야기를 하더란다. 몇 달을 그러던 할아버지가 어느 날 전화를 해서 그동안 고마웠다고 미국에 있는 자식 집으로 간다고 잘 있으라고 하면서 아무도 나를 상대로 이야기를 해주지 않는데 114는 전화를 하면 "사랑합니다. 고객님." 하길래 말이라도 해보려고 날마다 전화했었다는 것이었다. 안내원과 독거노인의 사연을 듣고 그때만 해도 피식 웃고 넘어갔는데, 하릴없이 기기와 함께 많은 대화를 했다는 남편이 그 할아버지와 연결되면서 오늘따라 남편의 흰 머리가 눈에 띄었다.

우리나라보다 조금 더 개인주의가 심한 일본에서는 대화해주는 서비스가 있다고 들은 것 같다. 온종일 아무도 말을 걸어주지 않는 고독한 독거노인들도 있을 테고 세상과 단절되어 스스로 고독을 자처한 사람들도 있을 것이다. 스스로 빠져나와 세상 속으로 걸어

들어갈 수 있는 사람들은 괜찮겠지만 독거노인이나 거동이 불편한 사람들은 말로 하는 기기가 정서에 도움이 되겠다 싶었다. 스스로는 청년이라 우기면서도 날마다 몸에 좋다는 걸 털어먹는 남편이지만 시간이 차곡차곡 쌓이면서 노인이 되어가는 남편을 물끄러미 바라보았다.

얼마 전 가족 모임에서 이 얘기를 표정까지 곁들여 리얼하게 들려주자 다들 배를 잡고 웃었다. 여동생이 자기 남편도 비슷하다고 하길래, "이보시게 아우님. LTE급 광케이블 깔아서 5G로 따라오지 말고 천천히 2G로 걸어서 오시게나." 하며 함께 웃었다.

이기고
싶다

　뉴스를 보다가 내 눈을 의심했다. 미국 콜로라도 주립 박람회 미술대회에서 AI가 그린 그림이 1위를 차지했다는 아나운서의 해설과 함께 TV 화면을 가득 채운 이미지는 나의 동공을 부풀렸다. 그림의 정교함과 아름다움에 압도되어 탄성이 절로 터져 나왔다. 대체 어떻게 AI가 저런 감성을 가질 수 있다는 말인가? 궁금해서 찾아보았다. 이 그림을 제작한 게임 기획자 앨런은 텍스트로 된 설명문을 입력하고 이미지로 변환시켜주는 "미드저니"라는 프로그램으로 생성한 작품 3점 중 1점을 골라 출품하였다고 설명한다. 단한 번의 붓질도 없이 컴퓨터 프로그램만으로 만들었다는 <스페이스 오페라 극장>이라는 제목의 그림을 나는 홀린 듯이 바라보았다. 엄청난 영감과 극도로 섬세한 감정이 있어야만 할 수 있는, 오직 인간만이 할 수 있다고 믿었던 감정 노동을 기계가 단 몇 초 만에 한 것이다.

물론 앨런이 텍스트를 찾아내는 데에는 시간이 걸렸겠지만, 텍스트를 입력하면 단박에 이미지 변환이 가능하다니 이제 인간들은 아무것도 하지 않아도 되는 세상이 온 걸까? 인공지능이 그린 그림을 보며 인간들이 환호하는 세상이라니 썩 유쾌하지는 않았다. 아주 단순한 작업이나 사람들이 하기에 위험한 일 또는 혐오 작업 등을 그들에게 맡긴다는 것에는 이의가 없다. 그런데 이런 고도의 예술 작업조차 그들에게 내주다 보면 언젠간 인간이 로봇에게 지배당하는 날이 올 수 있다는 가설이 현실이 될 수도 있겠다는 생각이 들었다.

얼마 전, 김영하 작가의 신작 『작별 인사』를 읽었다. 헤어짐이라는 뜻인 줄 알면서도 작별이라는 단어에는 애틋한 아름다움이 들어 있다. 그래서인지 몹시 나쁘게 헤어진 경우, 사람들은 작별이라 말하지 않는다. 책의 제목은 아름다웠지만, 내용은 아름답지 않았다. 처음에는 요양보호사 같은 직업군으로 만들어낸 로봇을 점점 정교하게 만들면서 집집마다 로봇을 하나씩 소유하고 집안의 궂은 일을 맡겼다. 배설도 안 하고 말상대까지 되어주니 그때부턴 애완용으로 만들다가 기술이 점점 진화하면서 사람과 구별이 안 되는 최첨단의 로봇이 만들어졌다.

최고의 과학자가 만든 철이라는 로봇은 책을 읽고 음악을 들으면서 행복해한다. 먹고 배설하고 성장도 하고 피부 조직까지 인간과 똑같은 하이퍼 리얼 휴머노이드였다. 철이의 섬세한 감정은 인간 그 이상이었다. 철이 같은 인공지능 로봇이 많아지면서 인간은 점점 더 로봇에게 의존하는 삶을 택했고 로봇이 없이는 아무것도 할 수 없는 지경에 이르렀다. 오래전 중국의 도가에서 꿈꾸던 신선인 듯 무위도식하며 번식조차 하지 않고 가상 세계에서 살아가던 인간은 스스로 자멸한다. 인간들이 사라지자 대지에 기온은 다시 내려가고 탄소의 발생이 눈에 띄게 줄면서 세상은 다시 원시로 돌아가는 것으로 책은 끝이 난다.

1500년경 인도양의 모리셔스라는 섬에 도도새가 살고 있었다. 풍부한 먹이로 날아다닐 필요가 없어지자 날지 못하는 새가 되었지만, 사람이 없어 아무런 방해도 없이 평화로웠다. 몇 년 후 포르투갈 어선들의 중간 경유지가 되면서 무분별하게 포획당하고 날지 못하는 새는 그로 인해 멸종되었다. 인공지능이 그린 그림을 보면서 『작별 인사』의 철이가 떠올랐다. 철이 같은 첨단 로봇이 만들어지고 그들이 가진 고도의 지능을 따라갈 수 없는 우리 인간은 마침내 도도새로 전락하는 것이 아닐까? 하는 생각을 지울 수가 없었다.

사람을 능가하는 로봇이 그림을 그리고 글을 쓴다. AI가 엄청나게 빠른 속도로 보고서를 작성하고 AI가 만들어준 데이터를 모든 프로그램에 적용한다. AI가 추천하는 제품을 구매하고 AI가 추천하는 요리를 먹는다. 충분히 가능한 현실이다. 우리는 지금도 인터넷으로 물건을 구매할 때 AI가 한 줄로 요약한 상품평을 읽고 신뢰한다. 이번 판교 데이터센터 화재 때, 아무런 대책 없이 무방비로 먹통이 된 사건은 우리가 얼마나 많이 기계에 의존하며 살고 있는지 알 수 있는 단적인 예이다.

1949년 발표된 조지 오웰의 소설 『1984』는 현재를 무섭도록 정교하게 예언했다. 소설 속에 "텔레스크린"이란 이름으로 등장시킨 기계는 오늘의 CCTV였다. 현대인들의 일거수일투족을 지켜보는 CCTV를 50년 전에 그대로 묘사했다는 것을, 우리는 모두 알고 있다. 사람과 구별이 안 되는 첨단의 인공지능 로봇이 분명 만들어질 것이다. 기계가 사람처럼 정교한 감정을 가질 수 없겠지만, 입력한 텍스트를 바탕으로 심금을 울리는 아름다운 시를 쓸지도 모르겠다. 얼마 전 TV에서 노래하는 AI를 보았고 AI가 작곡한 노래로 데뷔하는 가수도 생겼다. 바야흐로 기계와 대결하는 세상이 되었지만, 기계를 상대로 한 감정싸움만은 꼭 내가 이기고 싶다.

나는 아직도
몽고반점이 있다

　겨드랑이에 튼실하게 잡히는 살을 보면서 혹시 날개가 생길지 모른다고 착각한 건 아니었을까? 몸은 점점 튼실해지는데 마음은 점점 가벼워 어디로 튈지 모르는 상태였다. 팔랑대며 날아다니는 마음을 잡아매느라 무던히도 힘들었다. 이것도 마음에 안 들고 저것도 싫고 모든 것에서 흥미를 잃고 조용히 무너져 내리던 초여름의 어느 날이었다.

　본격적인 여름도 아니건만 현관을 나와 겨우 몇 계단을 걸었을 뿐인데 땀이 비 오듯 흘러 화장이 다 뭉개지고 있었다. 나는 갱년기라는 산을 넘는 중이었다. 당신의 감정을 충실히 이행하시는 어머니가 가끔 한 번씩 억지스러운 주장으로 나를 미치고 환장하게 했다. 주기적으로 사고를 쳐서 자신의 존재를 확인시키는 남편의 교차 행보까지 잔인한 시간을 견디어내던 어느 날, 너덜너덜한 마음으로 외출했다. 도저히 삭일 수 없는 분노에 집을 나왔지만, 딱히

갈 곳이 없었다.

　어슬렁거리며 중앙시장을 걷다가 그것도 싱거워져서 지하상가로 발길을 돌렸다. 계단이 끝날 쯤 헌 옷 가게 앞을 지나는데 옷걸이에 걸려 대롱거리는 공주풍의 화려한 원피스가 눈에 띄었다. 한치의 망설임도 없이 사서는 집으로 향했다. '전생엔 이런 옷을 입고 시녀를 거느리며 살았을지도 모르지. 흐흐흐.' 입가에 웃음이 새어 나왔다. 아무도 없는 차 안에서 벗어날 수 없는 현실로 돌아가는 나에게 내가 보내는 위로의 메시지 "하쿠나마타타 삐리리 빠리리 뿅" 나만의 주문을 외쳤다.

　집으로 돌아오자마자 비닐봉지를 풀고 원피스를 꺼내 입고 거울 앞에서 패션쇼를 펼치는 나를 빤히 쳐다보던 딸아이가 "엄마 그걸 언제 입게요?" 하고 묻는다. 한눈에 봐도 식당 아줌마의 평상복이 아니라 이해가 안 갈 것이었다. "할머니나 네 아버지가 무수리 취급해서 그렇지 엄마가 원래 공주란다. 이제 이거 입고 내 본래 신분을 찾아야지." 하니 아이가 없는지 말없이 나를 쳐다보았다. 그러거나 말거나 호호거리며 화장실로 들어가 깨끗이 빨아서 곱게 널어놓고 후다닥 뛰어나오면서 "큰일 났다. 엄마가 저거 입고 나가면 로마의 휴일 촬영하다 나온 오드리 헵번이나 마릴린 먼로인 줄 알 텐데, 어쩌지?" 하며 캴캴캴 웃자 딸아이가 헤실헤실 웃으며 "집에서만 입어." 한다.

헌 옷 가게에서 만 원을 주고 산 연 베이지에 잔잔한 꽃무늬를 두른 시폰 원피스, 기껏 그 정도에 마음이 풀리고 나니 어제부터 제대로 먹지 않은 속이 허하게 느껴졌다. 그사이 속도 풀렸나 보다. 냉장고를 뒤져 양푼 밥에 온갖 반찬들을 때려 넣고 들기름 한 숟가락과 달걀부침 하나를 얹어 쓱쓱 비벼 먹고 있었다. 며칠째 내 눈치를 보느라 슬금슬금 가장자리로만 다니던 남편이 양푼 비빔밥과 공주 원피스 그리고 내 얼굴을 번갈아 살폈다.

며칠 후 모임에 나가려고 분단장 곱게 하고 입어보는데 아무리 봐도 좀 작은 듯싶었다. 한참 망설이다가 에라, 모르겠다. 위풍당당 입고 나갔다. 2차 노래방에 가서도 방방 뛰며 잘 놀았다. 집으로 돌아오니 딸아이가 "엄마 가슴골이 너무 파진 것 같아요. 바느질도 잘하면서 앞으론 살짝 손봐서 입으세요." 한다. "넹. 네네네넹." 그 후 한 번도 못 입고 처박아둔 옷, 도저히 작아서 못 입는 옷들을 정리하던 어느 날 튀어나온 공주 원피스. 십 년도 넘은 그날의 기억들이 머릿속에서 다큐멘터리 영화를 찍고 있었다.

힘이 들던 어느 날 내가 나에게 선물했던 그 원피스를 한참 동안 쳐다보았다. 물건이 넘쳐나는 지금도 나만의 특별한 이야기가 있는 옷이나 소품을 버리지 못하고 간직하는 이유는, 그것이 그때의 시간을 기억하는 나만의 방식이기 때문이다. 터질 것같이 차오르던 가슴속의 화염도 시간이 지나고 나니 마치 한 폭의 그림처럼 아름다운 캘리그래피로 남아 기억의 어딘가를 떠돌고 있었다. 단돈 만원짜리 중고 원피스에 흐물흐물 넘어간 걸 보면 아직도 내 안의 어딘가에는 어릴 적 몽고반점이 남아 어른과 아이를 오가고 있는 게 분명하다.

깨우치는
자

베트남 여행의 마지막 날! 우리나라로 치면 남대문일 듯한 시장 거리를 전동차로 한 바퀴 도는 코스가 있었다. 복잡한 골목길을 달려가는데 조선 시대 드라마에서 본 듯한 인력거가 지나간다. 오 호 신기방기하다. 시장통을 돌고 호안 갬이란 호수에서 바람을 쐬 며 시원한 아이스커피를 마셨다. 다음 코스는 드디어 호찌민의 묘 소와 그가 살던 집이었다.

그의 본명은 "응우옌신꿍"이다. 우리가 알고 있는 호찌민은 "깨 우치는 자"라는 뜻으로 그의 가명이다. 가난한 집에서 태어나 프랑 스로 건너가 요리사, 정원사, 청소부, 제빵사 등 여러 직업을 전전했 던 그는 영국, 미국, 중국 등을 다니면서 많은 신문물과 새로운 사 상을 체험한다. 이때의 경험들로 그는 영어, 중국어, 프랑스어를 유 창하게 구사했다. 조국으로 돌아와 자국의 국민을 위해 앞장서 일 했고, 남과 북으로 갈라졌던 베트남을 끝내 하나로 통일시킨 그는

27

베트남의 위대한 지도자였다.

우리가 늘 주변 강대국들에 시달렸듯 베트남도 늘 주변국들의 외침에 시달렸다. 프랑스의 지배를 받다가 프랑스가 독일에 점령당하는 사이에 약삭빠른 일본이 지배할 권리를 주장하며 끼어든다. 우리나라는 일본에, 베트남은 프랑스에 시달리던 식민 시대가 1945년 일본이 패전하면서 끝이 났다. 일본의 패망 후에 다시 끼어든 프랑스가 응우옌 왕조의 마지막 황제인 바오다이를 내세워 남부에 '베트남 국'을 수립하지만, 이에 맞선 호찌민은 베트민(베트남 독립동맹)을 조직하여 북부인 하노이에 '베트남 민주공화국'을 수립했다.

프랑스가 남부를 장악한 후, 북부를 차지하기 위해 '베트남 민주공화국'을 상대로 전쟁을 일으키고 1946년부터 1954까지 양측의 치열한 8년 전쟁이 시작된다. 이것이 '제1차 인도차이나 전쟁'이다. 프랑스에서 독립하기 위해 시작한 전쟁이었지만 남과 북으로 갈라져서 동족 간 이념 싸움으로 변질된 것도 우리와 흡사하다. 1954년 각국의 여론에 밀린 프랑스는 제네바 협정에 따라 물러나고 강대국들이 개입하면서 북위 17도를 기준으로 남과 북을 가른다. 1955년 '베트남 국'은 투표에서 프랑스가 내세운 허수아비 황제 바오다이를 축출하고 응오딘지엠이 대통령에 당선된다.

응오딘지엠은 독재 정치를 펼치는 한편 미국의 원조로 넘쳐나는 눈먼 돈으로 사치와 향락을 일삼으며 급속히 부패했다. 농경 사회인 베트남에서 비료 수입에는 고작 200달러를 쓰면서 양담배 수입에 650달러를 지출했다. 그는 토지 개혁에 실패했고 자신에게 반대하는 사람은 비밀경찰을 조직해서 투옥시켰다. 백성들은 혼란에 빠졌고 사회주의자, 자본주의자, 불교, 가톨릭, 극좌, 극우 등으로 갈기갈기 찢어지고 분열되었다. 결국 1963년 군부에 의해 암살당하면서 그의 통치는 끝났다. 인구와 면적의 비중으로 보면 북베트남이 한국, 남베트남이 북한과 비슷했다고 한다. 난마처럼 얽힌 베트남은 여러모로 우리와 많이 닮아 있었다.

제2차 세계대전 종료 후 미국과 소련이 세계를 둘로 갈라 먹는 냉전 시대가 시작되었다. 공산주의인 호찌민이 이끄는 북베트남과 미국이 지원하는 남베트남이 대치하면서 존슨 대통령은 남베트남의 공산화를 우려했다. 1964년 통킹만 앞바다에서 미군은 자신들의 군함 두 척을 불 지르고 북베트남의 공격이라 우기면서 또다시 시작된 전쟁은 1975년까지 이어진다. 밀림에서 지형을 이용해 치고 빠지는 베트민의 전술에 미군의 희생은 커져만 갔다. 끝날 줄 모르는 명분 없는 전쟁을 지속하기 힘들어진 미국이 출구 전략을 모색하기 시작하고 닉슨은 전쟁에 개입하지 않겠다는 공약을 걸고 대통령에 당선된다. 미국인들은 워싱턴 DC에서 "우리를 전쟁에 몰아넣지 말라. 우리는 평화를 원한다."라고 외쳤다.

미국이 벌인 게임에서 미국 역사상 처음으로 패전이란 오명을 쓰고 전쟁은 끝이 났다. 이 전쟁에서 베트남인 150만 명과 미군 6만 명, 한국인 5천 명을 희생시킨 것 말고는 남은 것이 없었다. 전쟁에 이기기 위해 고엽제까지 살포하면서 많은 사람에게 비참한 삶을 살게 했지만 아무도 책임지지 않았다. 호찌민은 강대국들의 비열한 술수와 욕심에 맞서 끝내 나라를 통일시킨 위대한 지도자였다. 1969년 향년 79세의 나이로 사망했기에 1975년 전쟁이 종식되는 것을 직접 보지 못했지만, 그의 값진 승리였다. 우리와 비슷한 아픔과 역사를 가졌지만, 그들은 우리보다 훌륭한 지도자를 둔 것이다.

두고두고 새겨보아야 할 부분이다.

"꿍아(함께 산다), 꿍안(함께 먹는다), 꿍람(함께 일한다)" 그의 철학이라 했다. 그의 집무실과 그가 살던 집을 그대로 보존해놓은 곳을 둘러보았다. 프랑스 총독부의 크고 좋은 관저를 두고 연못 옆의 작고 허름한 곳에서 1식 3찬만을 고집했다는 베트남의 국부인 그를 만났다. 가족 때문에 문제가 생길까 염려해서 형제들과도 소원하게 지냈고 형도 그에게 방해가 될까 봐 자신이 병에 걸린 것을 알리지 않았다 했다. 이런 훌륭한 그의 정신을 마음에 새기러 오는 자국인들이 많았다. 죽어서도 추앙받는 대통령을 가진 국민이다. 권력을 가진 정치인이 얼마나 부패할 수 있는지 지도자의 잘못된 판단은 얼마나 많은 사람의 인생에 영향을 끼칠 수 있는지 생각해보았다. 우리는 어찌하여 임기가 끝나든가 혹은 임기 중에도 조서를 받고 구속되는 대통령을 보는 불행한 역사를 자꾸 되풀이하는 것인가?

저녁을 먹기 위해 시내를 지나는데 퇴근 시간이 되면서 오토바이가 점점 많아지더니 골목골목에서 마치 개미 떼처럼 쏟아져 나오는 오토바이가 장관이었다. 전쟁이 끝나고 탈것이 귀할 때 인심 쓰는 척 일본에서 폐기 처분 직전의 오토바이를 가져다주었고 쓰다 보니 빠르고 좋아서 부품을 사서 고쳐 쓰다가 결국엔 새 걸 사고 그래서 오토바이 보유 대수가 가구당 1.5대는 된다 했다. 당연히 모두 일본 제품이다. 우리보다 땅덩어리가 3배가 넓은 나라, 국민의 평균 나이가 30세밖에 되지 않는 젊은 나라였다. 우리나라가 평균 나이 59세인 늙은 나라라면 그들은 우리보다 성장 잠재력이 월등하다. 온갖 자원이 풍부하고 땅의 지력이 좋아 4모작 5모작도 가능하다는 베트남이 부러웠다.

하노이의 하늘에 석양이 아름답게 물들고 오토바이를 탄 젊은 이들이 힘차게 페달을 밟았다. 약한 나라가 강대국들의 이런저런 참견에도 끝끝내 하나로 뭉쳐 통일을 이루어낸 그들이 부러웠다. 우리는 분단된 지 70년이 되도록 합쳐지지 못한 채 얼마나 많은 비극이 있었는가? 수많은 사람이 헤어진 핏줄을 찾아 울어야 했고 많은 이들이 빨갱이로 몰려 일족이 멸문지화를 당하고 맺힌 한을 풀지 못한 채 생을 마감해야 했다. 정치권에서는 지금까지도 서로를 좌파니 우파니 해가며 자신들의 정쟁에 분단된 사람들의 슬픔을 이용하고 있다. 만약 우리가 하나로 뭉쳤다면 지금까지 쏟아부은 엄청난 국방 예산으로 지금보다 더 살기 좋은 나라가 되었을 것이다.

　내 나라가 세계 유일의 분단국가로 남아서 때때로 전쟁의 위협에 시달리는 국가라는 아쉬움이 베트남을 떠나는 내 가슴에 짙게 드리웠다. 이제 더는 지도자였던 사람들이 수감되는 모습을 뉴스에서 보고 싶지 않다. 우리도 호찌민처럼 "깨우치는 자"를 지도자로 두고 싶다. 대를 이어 존경과 추앙을 보낼 수 있는 그런 지도자를 언제쯤 만날 수 있을까?

내가
김 여사다

지금은 흔하디흔한 여자 운전자! 하지만 내가 처음 운전할 때만
해도 보기 드물었다. 1988년 서울올림픽 이후 경기가 호황을 누리
면서 1990년대엔 마이카 시대가 올 거라고, 언론에서 떠들었다. '에
이~ 무슨 농담을…' 하면서도 마음은 이미 팔랑대고 있었다. 준비
성 하나는 갑인지라 혹시? 나도! 하며 1991년에 면허를 땄다.

1994년에 남동생이 타던 프라이드 일명 '퐁뎅이'를 형제 중 유일
하게 차가 없는 집이란 이유로 물려받았다. 완전 초보인 내가 후평
동 세경 4차 아파트에서 퇴계동 한주아파트까지 차를 운전해 가겠
다고 집을 나섰다. 남부 사거리를 지나면서 갓길에 세워놓은 차를
피해 빠져나가는 순간 뭔가 닿는 느낌이 들었다. 내 차야 워낙 오래
된 중고차라지만 상대방의 차는 당시로선 꽤 괜찮은 르망이었다.
내려서 보니 아주 살짝 자국이 나 있었다. 어디선가 달려 나온 중년
의 남자에게 90도 각도로 인사를 하며 초보인데 정말 죄송하다고

사죄하니 자국이 난 곳을 손으로 문질러 보곤 나를 훑어보다가 차 뒤에 대문짝만 한 '왕'이란 글자를 보더니, 입맛을 다시며 그냥 가라 했다.

코가 땅에 닿도록 인사를 하고 두근거리는 가슴을 추스르며 한주아파트에 도착했다. 언덕을 올라 주차하려는 순간, 또다시 축대벽을 들이받고 말았다. 그때는 어찌나 가슴이 벌렁대는지 이대로 운전은 막을 내려야 하나 생각했었다. 그리고 며칠 후 기어를 넣어야 하는 스틱형의 중고차가 이번에는 언덕을 만났다. 자꾸 뒤로 밀리는 탓에, 도저히 전진이 안 되는 악마의 구간, 뒤에서는 빵빵대고 에라 이 모르겠다, 사이드 기어를 당겨놓고 차에서 내려 뒤차로 다가가 90도 각도로 정중히 인사하고, 초보인데 죄송하지만 내 차를 저 언덕 위까지 데려다주시면 감사하겠다 말하니 어이가 없는지 웃으며 도와주었다.

얼마 후 음주 운전자의 중앙선 침범 사고로 그 중고차는 폐차했고, 엑센트라는 소형차를 뽑았다. 그동안 나의 운전 실력은 일취월장했고 내가 사는 서민 아파트에도 자고 나면 여기저기 새 차가 서 있었다. 언론의 예측대로 '한 집에 한 차 시대'가 왔다. 자가용의 보급과 함께 외부 활동이 많은 남자 운전자들의 수가 월등히 많아졌다. 너나없이 차를 소유하면서 운전 중에 서로 양보하고 도와주던 세기말의 아름다운 공존은 끝이 났다. 2000년 초부터 '김 여사의 주차', '친절한 김 여사', '김 여사의 운전 실력' 등의 이상한 영상들이 인터넷에 올라오기 시작했다. 그걸 나누어 보면서 어느 순간부터 남자 운전자들의 대동단결이 시작됐다.

여자 운전자를 상대로 "집에서 밥이나 하지."라며 할 일 없이 나온 아줌마 취급을 하기 시작했고 여자 운전자들을 노골적으로 비하했다. 그에 질세라 "쌀 사러 간다. 왜?"라며 반격하는 영상이 올라오고 좁은 골목에서 맞닥뜨리면 서로 빼주지 않으려고 기 싸움까지 하는 묘한 대치 상태를 만들기도 했다. 좌회전하려고 깜빡이를 넣고 기다리다가 내 얼굴이 보일 때면 "앗, 여자다." 하면서 직진 차선인 내 차 앞으로 무지막지하게 밀고 들어오는 경우도 있었다. 내가 좌회전 깜빡이를 넣고 있을 때는 뒤에서 어서 가라고 경적을 울리기 일쑤였다.

어느 날 어머니를 태우고 풍물시장을 갈 때였다. 지금의 장소가 아닌 약사 천변의 그곳은 주차가 아주 힘든 곳이었다. 마땅히 주차할 곳이 없어 골목으로 빠져나가려는데 맞은편에서 차가 한 대 나오고 있었다. 내 차 뒤로는 길게 후진해야 하지만, 상대 차량의 뒤로는 충분히 피해줄 만한 공간이 있었다. 잠시 멈춰 후진해주길 기다리는데 그 차도 꼼짝을 하지 않았다. '흠, 어디 네 후진 실력을 볼까?' 하는 듯한 그자의 태도에 할 수 없이 후진을 시작했는데 옆에 탄 어머니가 불안한지 "지가 쪼끔만 가믄 되겠구만? 거가, 뒤가 여보다 넓구마는." 하며 구시렁대기에 웃으면서 "어매요. 남자들은 이렇게 마주치면 절대로 안 빼주데요. 갸들은 빼는 거 엄청시리 싫어해요. 그래서 요럴 땐 내가 마 콱, 마 확, 마 빼뿐다. 아이가." 했더니 어머이가 "고뢰" 하더니 빵 터졌다.

　다음 날, 온의 사거리 강남동사무소에 서류를 발급받을 일이 있어서 갔다. 주차할 곳을 찾아 두리번거리는데 무지하게 좋은 새 차 오피러스가 아주 어중간하게 두 대의 주차 공간을 차지한 채 주차를 하고 있었다. 공간이 협소해서 겨우 7, 8대면 꽉 차버리는 주차장이었다. 차 안에 있던 아저씨가 내리면서 내 차를 흘끗 쳐다보더니 운전자가 여자이고 별로 안 좋은 내 차가 만만하다 여겼는지 아무 일도 아니라는 듯 동사무소 안으로 휙 들어가 버렸다. 차가 한 대 더 들어왔으면 응당 다시 주차해서 내 차의 주차 공간을 확보해 주어야 하는 것이 기본인데 좋은 차를 탄 남자 운전자는 안 좋은 차의 여자 운전자를 무시해도 된다는 것처럼 신경조차 쓰지 않고 무례하게 그냥 들어가 버렸다.

불러서 말을 할까 하다가 '그래 어디 네 맘대로 해봐라, 내가 아줌마의 근성으로 네 못된 버릇을 고쳐주마' 마음먹었다. 그 작자의 차량 뒤꽁무니에 바짝 붙여서 내 차를 대놓고 나도 내렸다. 제가 먼저 왔으니 제가 먼저 끝날 터이지만 나도 알 바 아니었다. 서류를 떼고 있는데 그 남자가 나갔다가 다시 들어오더니 "아줌마, 차 좀 빼줘요." 한다. "기다리세요." 하고 신경도 안 썼더니 서류를 만지던 아줌마 공무원께서 나를 쳐다보며 "잠깐 나갔다 오셔도 돼요." 하기에 "괜찮아요. 저 남자 혼 좀 나야 해요." 그러고선 좌우를 휘 둘러보며, 큰소리로 "아 글쎄, 두 대를 댈 수 있는 공간에다 어중간하게 자기 차 한 대만 대놓고선 내 차를 힐끗 보고도 그냥 들어와 버리기에 저 남자 차 뒤에다 바짝 대놓고 들어왔어요. 내가 빼줄 때까지 못 가게 하려고요." 하며 킥킥대고 웃었더니 조그만 동사무소에서 6, 7명이 한적하게 앉아 있다가 모두 재밌어했다.

직원이 웃으며 내가 주문한 서류를 내주기에 "아~ 나 시간 많은데 조금 더 있다 가도 되는데요." 하며 나도 함께 웃었다. 동사무소를 빠져나와서 아주 느리고 아주 여유 있게 천천히 후진해서 차를 빼주고 통쾌하게 돌아왔다. 자기 차가 새 차이고 덩치가 크니 문이라도 살짝 긁힐까 신경 쓰여서 좀 더 여유 있게 주차하고 싶은 심정이겠지만, 다른 사람의 주차 공간까지 침범해가면서 자기 차만 생각하는 그 남자의 이기심이 얄미웠다. 내 차를 박으며 나갈 수 없으니 답답하게 기다리며 참는 동안 그 남자는 무슨 생각을 했을까? 궁금했다.

여자들의 사회 진출이 늘고 여자 운전자가 절반이 된 지금은 무턱대고 여자 운전자를 터부시하는 편견은 거의 없어졌다. 이제는 서로 공격하기보단 서로를 보완하고 살펴주며 함께 공존할 수 있는 지혜를 나누어야 한다. 같이 사는 아름다운 사회에 필요한 것은, 기본 질서를 함께 지키는 것이다. 최근에는 주차선의 간격은 좁

아지고 중형차는 점점 많아지고 있는 것이 문제가 되고 있다. 주차 공간이 좁다 보니 주차를 하고 나면 게걸음으로 겨우 나와야 하는 곳이 부지기수다. 이젠 어딜 가나 주차 공간 부족을 겪는다. 그걸 뻔히 알면서도 혹시 자신의 새 차가 다칠까 봐 어중간하게 두 대의 공간을 차지하고 주차하는 몰염치를 목격할 때면 그때의 생각이 떠올라 내 차를 그 차의 꽁무니에 슬며시 대놓고 싶다.

슬픈
이야기

"같이 가. 같이 가아." 노을이 내려앉은 병실에서 91세의 치매 할머니가 오도카니 앉아, 한 시간째 허공을 향해 중얼대는 말이다. 여러 조각으로 부서진 손목뼈를 맞추고 고정하기 위해 핀을 박고 콘크리트까지 하는 수술이라 했다. 수술 후 일어날 수 있는 모든 예후를 설명받고 수술동의서를 쓰고 돌아온 병실에서 어둑하도록 생각에 잠겨 있었다. 후유증은 없을까? 손목은 잘 쓸 수 있을까? 불안한 마음이 오락가락하다가 할머니의 반복된 말이 내 귀를 두드렸다.

할머니는 누구와 어디를 가고 싶은 걸까? 5인실인 병실에 환자라고는 할머니와 나 둘뿐이었다. 한때 연분홍 시절에는 고왔을 것 같은 할머니, 공터처럼 아무런 표정도 없는 할머니를 쳐다보았다. 아무것도 생각이 머물지 못하는 탈색된 표정으로 "같이 가." 그 말만 반복하는 할머니를 한참 동안 쳐다보았다. 요즈음 나를 둘러싸

41

고 얽혀 있는 모든 관계가 갈수록 나를 힘들게 하고 있었다. 이 나이쯤이면 모든 것에서 벗어날 수도 있을 것 같았는데 아무리 가도 올가미라도 쳐진 듯 그저 또 그 자리이다. 나는 모든 것을 버리고 아무도 모르는 곳으로 혼자 가고 싶은데 할머니는 아직도 누군가와 함께 가고 싶구나? 물끄러미 할머니를 바라보았다.

날았다. 아니, 날아갔다. 어머니 집 뒤 석축에서 자갈이 깔린 뒷마당으로 떨어졌다. 어머니가 살던 낡은 집을 전면 수리를 하면서 집 뒤란에는 오 단쯤 석축을 쌓았고 집 앞으로는 보강 토를 시공했다. 마당에 자갈을 깔기 위해 덤프차 두 대 분의 자갈을 사서 인부 두 분과 함께 깔았다. 오후 4시 넘어 두 분을 보내고 석축에 남은 자갈의 잔해들을 비로 쓸고 물청소를 하던 중 빗자루를 찾기 위해 뒤를 돌아보다가 날아가 떨어졌다. 잠시 혼미했다가 일어나니 육덕진 몸이 떨어지면서 손목을 깔고 넘어졌는지 왼손목이 제멋대로 놀고 있었다.

너무 아프고 어지러워 119를 불러야 하나 생각하다가 시골 동네에 119가 오면 동네 분들이 무슨 난리가 난 줄 알 것 같았다. 다행히도 왼손을 다쳤기에 억지로 일어나 한 손으로 12km를 운전해서 내려와 남동생을 불러 병원으로 갔다. 정형외과에서 엑스레이를 찍더니 양쪽에서 잡아 늘여 뼈를 맞추고 반깁스를 하고 나서 의뢰서를 써줄 테니 큰 병원으로 가서 수술하라고, 뼈가 산산조각이 났다고 설명을 해주었다. 요즘 너무 무리해서 다리가 발발 떨리더니 결국 사고를 쳤구나? 마음이 착잡했다.

　다음 날 수술하고 병실에 돌아오니 뼈를 갉는 듯한 통증이 온몸을 엄습하는데 할머니와 간병인이 자꾸 싸운다. 그 와중에 맞은편에 환자가 들어왔다. 어깨에 힘줄이 끊어져 내일이 수술이라는 할머니는 나는 어디 살고, 이건 나랑 같이 운동하는 의사 마누라가 사준 것이고, 우리 아파트는 단지 내 수영장이 있고, 하며 설레발을 친다. 간병인이 "부자시네요?" 하니 "부자는 뭐, 다 그 정도 살지 않아요?" 한다. 흐흥, 그 순간 치매 할머니 간병인이 할머니를 향해 기저귀 속에 손을 넣어 변을 만졌다고 야단이다. 그리고 할머니가 간병인을 발로 찼다는데, 찼다고 한들 온종일 세끼 합쳐 겨우 밥 반공기나 먹는 할머니가 무슨 힘이 있을 것인가? "어어, 이제는 발로 차. 막 때려. 꼬집어 응?" 간병인의 새된 소리에 할머니가 희미한 목

43

소리로 "○ 같은 년" 한다. 간병인이 펄펄 뛰면서 "이젠 욕도 하네. 벌써 몇 번째네." 하며 떠든다. 치매 할머니를 상대로 말싸움하는 간병인이라니. 게다가 할머니의 목소리는 희미한데 반해 간병인의 목소리는 또렷해서 그녀의 목소리만 들렸다. 한참 실랑이하더니 간병인이 할머니를 향해 "할머니가 왜 며느리들한테 대접을 못 받는지 알아? 그따위로 하니까 대접을 못 받는 거야." 한다. 이건 또 무슨 말도 안 되는 소리인가? 남의 집을 자기가 알면 얼마나 안다고 그런 모욕적인 발언을 하는 건지 도저히 이해가 안 됐다.

다음 날 수술을 마치고 돌아온 내 앞의 환자가 고통에 몸부림치더니 간병인을 향해 "에이 씨발." 하며 버럭 욕을 뱉었다. 간병인이 "왜 그러냐?" 묻자 "너무 아프잖아." 한다. 어차피 겪어야 하는 고통에 감정을 실으면 통증만 가중된다. 초라니 방정을 떨며 온갖 말참견을 하던 그 간병인도 어이가 없는지 가만히 있었다. 하루 먼저 수술한 나는 24시간이 지나니 통증이 조금 덜해졌다. 아마 저 환자도 어제 내가 겪은 것을 겪고 있을 테다. 두 간병인과 맞은편 환자까지 간병인을 쓰지 않는 나를 꽤 측은한 듯 말했었지만, 오른손이 멀쩡하고 누군가 내 옆에 24시간 대기 상태로 있다는 건 나로선 부담스럽고 무척 신경 쓰이는 일일 것이다.

내 옆 침대에 고관절이 부러진 할머니가 들어오고 간병인이 수레를 끌며 들어왔다. 간병인은 이부자리와 세면도구, 며칠 동안 먹을 식품들까지 보따리를 풀어 정리하고 있었다. 단 며칠, 오더가 떨어지면 짐을 챙겨 들어왔다가 돌보던 환자가 퇴원할 때 함께 병원을 나간다. 일주일일 수도 있고 열흘 혹은 한 달일 수도 있는 간병인의 삶, 귀에 피가 나도록 수다스러운 맞은편 간병인을 보며 '혹시 저런 간병인이 걸리면 나는 어떻게 하지? 리콜은 되나? 남의 가정사를 함부로 발설하는 간병인은 누가 처벌하지? 사생활 누설에 대한 책임은 어떡하지?' 그런 생각을 하다가 '역시 간병인을 안 쓸 수 있도록 건강관리 잘하고 아프지 말자.' 하는 생각이 들었다. 아프면서 배웠다.

입원 4일째 통증도 그만하고 팔에 주렁주렁 달린 링거와 무통주사까지 모두 제거하니 내 마음도 조금은 여유가 생겨 주변을 관찰해보았다. 사람이 살아가는 모든 사회는 매 순간 노동을 사고판다. 환자와 간병인도 마찬가지다. 현재 우리나라의 근로기준법에

명시되어 있는, '4시간 일하면 쉬는 시간 30분 하루 8시간 근무'는 이곳에 없었다. 가로 60cm 세로 130cm의 간이침대에서 쪽잠을 잔다. 환자와 보호자 10여 명이 밤새 화장실을 펄럭대며 드나들고 간호사는 종종 혈압을 체크하고 주사를 놓는다. 돌보는 환자가 돌아눕는 기척에도 매 순간 발딱 일어나야 한다. 환자들이 입맛이 없어서 안 먹거나 배식하다가 남거나 자신이 준비해온 것들을 대충 먹는다. 이렇게 열악한 근무 환경에서 인성은 말라버리고 배려는 실종된 게 아닐까?

24시간 단 1시간도 마음 놓고 취할 수 있는 휴식이란 없다. 환자가 퇴원할 때까지 반복되는 일상, 최악의 시스템에 길들여진 사람이 사람을 갉아먹는다. 환경이 인간을 지배한다. 퇴원하던 날, 가방을 챙기면서 나는 그녀들을 모두 용서했다. 여유라곤 없는 근무 환경, 매일 아픈 사람만 들여다보는 생기 없는 삶, 누군가의 아픈 역사를 날마다 보태야 하는 그녀들의 슬픈 이야기는 내게 오래오래 기억될 것 같았다.

엄마를
부탁해

신경숙의 소설 『엄마를 부탁해』는 흔하고 평범한 우리 엄마들의 이야기를 아름답고 슬프게 그려냈다. 때로는 잔잔하게, 때로는 울컥, 마음을 뒤흔드는 감정의 소용돌이는 마음속 저 깊은 곳을 솜털처럼 감싸고돈다. 그 시절을 혹독하게 살아내느라 삶에 대한 미련을 탈탈 털어내면서도 자식에 대해서만은 늘 미안한 엄마, 집안의 흥망성쇠부터 누렁이의 죽음 혹은 호박이 주렁주렁 열리는 것까지 그 모든 것이 내 탓이 되고 마는 우리 엄마들의 이야기다. 모든 것을 묵묵히 받아들이고 모든 업보의 주인공이 되는 엄마의 이야기는 우리 모두 알고 있는 익숙한 우리네 엄마의 모습이다.

늘 떠돌아다니는 아버지의 자리까지 혼자 외롭게 지켜내면서 척박한 땅에 씨를 뿌리고 거두어낸 엄마. 다섯 남매를 보란 듯이 키워냈지만, 내색하지 않고 묵묵히 자기를 낮추는 엄마였다. 두통에 시달리느라 혼미해진 엄마를 서울역에서 잃어버리고서야 엄마가 혼자서는 집을 찾아올 수 없는 문맹이라는 사실을 깨닫는다. 엄마의 부재를 몸서리치며 통곡하는 딸에게 아버지는 말한다.

"말이란 거이 다 할 때가 있는 법인디, 나는 평생을 니 엄마헌티 말을 안 하거나, 할 때를 놓치거나, 알아주겠거니 하며 살았구나! 인자는 무슨 말이든 다 할 수 있을 것 같은디··, 인자는 들을 사람이 없구나."

소통의 중요성을 절감하는 대목이다. 소통의 부재로 인해 오해와 갈등이 생기고 그로 인해 평생 만남을 거부한 채 혈육끼리도 서로 만나지 않는 경우도 있다. 마음속 감정을 드러내 보여주는 것은 용기가 필요하다. 마음을 보여주고 난 후 상대의 반응에 따라 더 심한 상처를 입는다면 차라리 안 한 것만 못 할 수도 있다. 세상에서 가장 친밀하다고 생각했지만, 막상 엄마가 어떤 마음이었는지 자녀는 또 어떤 마음이었는지 서로의 세계를 알 수가 없다. 하물며 그 외의 관계는 오죽할까? 혼자서는 할 수 없는 감정의 교류, 서로의 감정을 읽고 배려하며 다독일 수 있는 관계가 과연 얼마나 될까?

그렇게 아프게 서로의 생채기를 들여다보면서 묵묵히 일상으로 돌아가 오빠는 다시 골프장으로 가고 여동생은 비행기를 탄다. 엄마가 가고 싶었던, 세상에서 제일 작은 나라 바티칸에서 엄마가 갖고 싶어 했던 장미 묵주를 사서 피에타상 앞에 묵주를 내려놓는다. 천천히 성당을 걸어 나오며 "엄마를 부탁해."란 말로 소설은 끝을 맺는다. 막연하지만 누군가에게 부탁하고 싶고 부디 누군가 지켜주길 바라는 간절한 마음이 온 우주를 넘실댄다. 이 세상에서 무언가를 부탁할 수 있는 대상은 오직 하나, 엄마였다. 그 대상이 사라져버리고 난 후 누군가에게 엄마를 부탁해야 하는 참담한 심정, 그 심정이 오래도록 내 기억을 떠돌았다.

엄마란 무엇일까? 또 부모란 무엇일까? 어릴 때 나는 존경하는 부모를 갖고 싶었다. 아무도 알아주지 않아도 나를 자애롭게 어루만져주는 아버지와 환하게 웃어주는 엄마가 존경할 수가 있는 부모님일 거라는 희망 사항을 안고 살았다. 어른이 되어서는 존경받는 부모가 되고 싶었다. 뭐든 다 해줄 수 있는 경제력 있는 부모가 아니고, 명함 한 장으로 나를 내세울 수 있는 부모는 더욱 아니었

49

다. 수시로 소통하면서 아무에게도 할 수 없는 속말조차 스스럼없이 함께 나눌 수 있는 그런 부모가 되고 싶었다. 자녀에게 존경받고 서로를 응원하며 무한신뢰로 다져지는 그런 관계가 되고 싶었다. 그게 얼마나 힘든 소망이었는지를… 이젠 안다.

딸이 결혼 날을 받았다. 결혼 전 양가 상견례 후에 이사가 계획되어 신혼집으로 먼저 들어간다. 어느 날 갑자기 딸의 세계에 합류한 내 딸의 동반자는 어떤 세계를 지녔는지 몹시 궁금하다. 서로의 세계를 온전히 이해한다는 건 참으로 어려운 일일 것이다. 세상의 모든 엄마는 결혼하는 자녀들에게 자신의 모든 것을 걸고 부탁한다. 부디 행복하라고. 나의 세상에 들어온 너를 온전히 받아들여 더 아름다운 세상을 만들라고. 과정이 순탄치 않아도 잘 만들고 가꾸면 분명 가치 있는 세상이 될 거라고. 거기에 나는 하나를 덧붙인다. 항상 소통하라고….

마음속에 벽이 만들어지는 가장 큰 이유는 대화의 부족이다. 대화에서 가장 중요한 것은 적절한 순간이다. 그 순간을 놓치고 나면 서로의 마음에 앙금이 쌓이고 불신이 싹튼다. 나중은 없다. 자의든

타의든 미안한 일이 생기면 구차한 핑계를 대며 모면하려 하지 말고 용기를 내어 솔직하게 사과해야 한다. 상대가 충분히 이해하고 마음이 풀리도록 용서를 구하는 배려가 필요하다. 상대가 진정성 있게 사과한다면 너그러움을 베풀어라. 다만 같은 실수를 반복한다면 그것은 결코 실수가 아니다. 스스로 마음을 잘 다스려서 내 안에서 행복의 가치를 찾아내는 지혜를 찾아가는 삶이길 바란다.

성적이 좋던 딸이 급격히 성적이 떨어졌을 때 내 탓인 것 같아 마음이 아팠다. 명문대를 못 갔을 때, 가끔 소심하게 행동을 할 때, 그것도 내 탓인 것 같아 마음이 쓰였었다. 치아가 안 좋아서 치과를 수시로 들락거릴 때마다 어릴 적 식당 구석에서 아무렇게나 쓰러져 자느라 제때 양치를 못 시켜서 그런 거라고 늘 미안해하던 엄마였다. 그 모든 것이 내 탓이라던 엄마는 이제 없다. 30년을 부모와 함께 살았지만, 남은 70년을 함께 살 반쪽을 찾아 떠나는 딸에게 웃으며 손을 흔들어주마. 딸아! 잘 가거라. 너는 아무에게도 엄마를 부탁할 필요가 없다. 자신에게 부탁하렴, 네가 행복하게 잘 살아준다면 엄마의 남은 생도 더불어 행복할 테니….

목욕탕

거추장스러운 모든 것을 벗어 던지고 자연 그대로의 만남이 시작되는 곳이다. 자주 보는 이에게는 싱긋 눈인사도 건네고 서로의 등을 밀어주면서 밀착 관계가 형성되다 보니 아주 친해지는 경우도 생긴다. 모든 것을 드러낸 채 오랜 시간을 마주 보면서 앉아 있는 찜질방은 묵언수행을 하면서 땀만 흘리는 곳이 아니다. 서로의 요리법도 공개하고 알고 있는 비법을 전수하기도 한다. 남편의 흉을 보는가 싶어서 열심히 듣다 보면 자랑으로 끝나기도 하고 남편의 자랑이라고 했는데 여차여차하다가 엉뚱하게 흉으로 마무리되어 뒤끝이 남기도 한다.

오래전에 나는 마음이 힘들어도 목욕탕, 몸이 찌뿌듯해도 목욕탕, 목욕탕만 갔다 오면 몸도 마음도 개운하고 좋아져서 아예 한 달 치 표를 끊어놓고 하루가 멀다고 다녔던 적이 있었다. 목욕을 마치고 나올 때의 상쾌한 기분을 한껏 느끼면서 그 시간만큼은 아무엇도 부럽지 않았다. 지금 생각해보면 그것도 일종의 중독성이 있는 쾌감이었던 것 같다. 자주 만나다 보니 음료수를 건네기도 하고 함께 식사를 제안하기도 했다. 내가 마실 걸 준비해 갔지만 거절하기 어려워 함께 어울렸고 그러자니 그 비용이 만만치 않았다. 시간과 경제적으로 부담이 되던 중에 반신욕의 효능을 알게 되면서 과감하게 반신욕으로 바꾸었다.

그리고 10년이 흐른 어느 날 자격증을 따서 요양병원에 취업했었다. 처음 며칠 동안은 요양원에서 나는 냄새에 적응이 안 돼서 밥을 못 먹었다. 누워 있는 할머니 할아버지들 대부분은 기저귀를 차고 있는데 거의 모두가 대소변을 깔고 누워 있었다. 하루에 몇 번씩 들척거려서 갈아주고 닦아주지만 한계가 있었다. 일주일에 한 번 목욕을 시키는데 일주일 동안 세수는커녕 손 한 번 씻어보지 못하는 분들이었다. 아침이면 누런 눈곱을 달고 입가엔 허연 거품이 말라붙은 채 누워 있는 분들을 보면서 그 서러운 삶을 감히 헤아릴 수조차 없었다.

목욕하는 날이 되면 여자 남자 가릴 것 없이 휠체어에 실어서 줄을 세우고 옷을 벗기기 시작했다. 바지를 벗기면 숨도 못 쉴 정도로 뿜어져 나오는 냄새에 정신은 아득한데 시들은 근육을 스스로 움직이지 못하는 그들은 미동도 없었다. 아무런 감정도 없이 차례를 기다리며 줄지어 있는 그분들의 눈동자를 보면서 오래전 읽은 제2차 세계대전의 가스실 목욕탕이 생각나는 건 무슨 염치일까? 존엄을 잃은 육체를 뉘어놓고 바가지로 물을 퍼부으면 치매 걸린 머리 대신 육체가 기억하는 목욕법을 실행하느라 손으로 정신없이 몸을 비비는 분들도 있었다. 그 슬픈 몸놀림을 보면서 목울대가 아팠다.

목욕을 시킬 때는 반듯이 눕혀서 가슴 쪽을 먼저 씻기고 등을 씻기기 위해 반대쪽으로 돌려놓는데, 그럴 때면 늙고 앙상한 손으로 벽에 붙어 있는 스테인리스 손잡이를 사력을 다해 붙잡는 것이었다. 손이 바르르 떨리는 것을 보면서 "어르신 힘드니까 놓으세요. 절대 안 떨어져요. 우리가 둘이나 있잖아요." 하며 달래보아도 꽉 잡은 손을 쉽게 놓지 않았다. 지금 생각해도 생존의 본능이란 것은 참으로 대단한 것이었다. 불과 5분이면 끝나는 속전속결의 목욕이지만 개운한 표정으로 만족한 웃음을 보일 때면 보람 있는 일을 했다는 생각에 스스로 뿌듯했다.

목욕탕을 빠져나오며 상쾌함에 콧노래를 부르던 오래전의 기억을 그분들도 가지고 있을 것이다. 이스라엘의 '히렐'이라는 랍비는 사람이 자신의 몸을 청결히 하는 행위는 대단한 선행이라 했다. 목욕은 근육을 이완시키고 피로를 풀어주는 동시에 내가 나에게 하는 최고의 봉사다. 옛날에 우리 어머니들도 신에게 빌 때 먼저 자신의 몸을 정결히 씻었다. 몸을 씻는다는 건 나를 위해 가장 우선시되는 행위인데 그걸 스스로 못 한다는 것이 얼마나 비참한 일인지 건강한 사람은 모른다.

나의 신체에서 나오는 이물질을 아무도 모르게 처리하는 삶의 가장 기본 행위를 타인의 손을 빌려 처리할 수밖에 없을 때, 그 참담한 심정을 어찌 말로 할 수 있을까? 목욕탕은 우리 인간에게 가장 원초적이고 가장 신성하고 가장 친근한 곳이다. 그곳을 코로나란 괴물의 등장으로 못 간 지 오래다. 수일 내로 좋은 날이 오면 어머니와 함께 목욕탕을 가서 어머니의 때를 깨끗이 밀어드려야겠다.

지름신이
오셨네

새벽 다섯 시, 잠이 깼다. 갱년기 증세가 부쩍 심해진 탓인지 며칠에 한 번씩 잠을 설친다. 한참을 침대에서 뒤척이다가 거실로 나와서 TV를 켜고 이리저리 돌리기 시작하는데 어느 채널인지 야한 영화 속 배우들의 숨이 넘어간다. 에잇, 또다시 이리저리 돌리는데 홈쇼핑 채널에서 노사연 씨가 나왔다. 보정 속옷이란 걸 파는데 그걸 입으면 뱃살, 옆구릿살, 등살까지 싸악 감추어진단다.

노사연 씨 왈, "이젠 이거 안 입으면 외출 못 하겠어요. 호호호." 하며 엄살을 떤다. 이제 봄이라 슬슬 뱃살 걱정을 하던 차에 귀가 솔깃했다. '나도 저거 입으면 S자 몸매가 된다 이거지.' 가계부 한번 훑어보고 생각에 잠겼는데, "무이자~ 무이자~ 6개월 무이자, 한 달에 14,800원." 자꾸 귀를 유혹한다. 지름신이 속삭인다. '질러버려~ 질러버려!' 어느새 내 손은 전화기를 들고 친절한 그녀가 시키는 대로 입력하고 있었다.

며칠 후 택배가 오고 식구들의 의심에 찬 눈초리를 한 몸에 받으며 안방으로 가지고 들어가 사알짝 입어보는데 가관이다. 너무 누르다 보니 입은 곳과 안 입은 곳의 경계가 심해서 오히려 이상 망측했다. 혼자 거울을 보며 막 웃고 있는데 호기심 많은 우리 딸 살그머니 안방에 들어오더니 내 귀에 대고 속삭인다. "엄마야! 그 살들 위에서 누르면 밑으로 나오고 밑에서 누르면 위로 나오는 건 당연하지. 수학 공식도 안 배웠나요?" 한다.

15년 내 사랑 그녀(딸)에게 한 방 먹고 다시 곱게 포장해서 테이프를 찍찍 붙이고 있는데 나를 쳐다보던 남편이 "뭐 하게?" 묻는다. "보면 몰라? 반품하려고 그러지." "반품할 걸 왜 사냐? 당신 몇 건 반품했는데 혹시 홈쇼핑 회사 블랙리스트 명단에 들어 있을지도 몰라." 하며 시비를 건다. "흥! 내가 얼마나 반품했다고 그러냐? 이래봬도 나는 홈쇼핑 회사의 고객님이야!" 대꾸하니 "그래 고객이지. 저 안방 화장실에 처박아놓고 생전 안 쓰는 부분 가발도 또 이쪽 화장실에 사놓고 안 쓰는 황토팩도 다 홈쇼핑 것이니 고객 맞긴 맞네." 하며 빈정거린다.

"에이씨, 부분 가발은 머리숱이 더 빠져서 할머니 되면 쓸 거고, 황토팩은 사고 나서 얼마 안 돼서 거기에 무슨 유해 물질 섞였다고 여기저기서 방송하길래 찜찜해서 안 쓰고 있는 건데, 정말 자꾸 그럴 거야?" 조금씩 톤이 높아지는데 지켜보던 딸이 나선다. "두 분 조용히 하세요. 그리고 엄마 앞으로 홈쇼핑 방송 시청 금지, 한 달 동안." 하며 나를 쳐다본다.

이쯤 되면 수그려야지 별수 있나. 배시시 웃으며 "잠깐 잠깐만, 모자이크 처리 좀 할게요." 하고 양손의 검지와 중지로 두 눈을 가렸다. "흠흠, 음성 변조 들어갈게요. 저기요. 저도 안 하려고 하는데요. 방송을 보면 나도 모르게 막 전화기로 손이 가요. 손이 가. 나도 그것만 입으면 김아중이가 될 것 같은 착각에 한 번만 입어보고 싶었는데 이제 알았어요. 내가 아중이 처녀보다 엄청 짧아요. 다시는 착각하지 않을게요. 죄송합니다." 내 콧소리에 어이가 없는지 식구들이 같이 웃었다.

가벼운 말씨름으로 시작한 것이 감정싸움으로 번지기 전에 급히 수습했다. 아내의 쇼핑을 못마땅해하는 남편의 태도에 나도 마음이 상했지만 돌이켜 생각해보면 문제는 나에게 있었다. 홈쇼핑에서 상품의 이미지를 화면 가득 보여주면서 세일이라는 말로 유혹하기만 하면 끊임없이 사고 싶은 충동을 느낀다. 아내의 지름신을 말려야 하는 남편과 소유하고 싶은 욕구에 시달리는 아내는 서로가 마음에 들지 않는다.

나는 소유욕이 강한 사람인가? 아니면 욕구를 억제하지 못하는 사람인가? 자기반성과 함께 물질 욕구에 대한 성찰이 밀려왔다. 소유하고자 하는 여자들의 본능과 편리한 안방 쇼핑이 결합한 신문명 프로그램이 날마다 나를 유혹하고 있다. 이제부터는 필요한 만큼 딱 그만큼만 취하는 절제의 생활을 실천하면서 욕구를 억제할줄 아는 사람이 되어야겠다. 지름신이시여… 부디 내게 강림하지 마소서.

사과하마

2대 독자이신 울 아부지, 아들을 학수고대하셨는데 큰언니, 둘째 언니, 줄줄이 딸만 낳자 술을 드시고 들어오셨더란다. 세 번째로 또 딸을 낳자 아예 들어오질 않으셨고 이후 네 번째 딸까지 생산한 후에야 태어난 아들은 그야말로 어머니의 보물이었다. 난 우리 시대의 어머니들이 다~아 그렇듯이 '맏이는 맏이니까 아들은 아들이니까 막내는 막내니까' 그 사이에서 이리저리 채이면서 되도록 양보하고 배려하는 성격이었나 보다. 초등학교 내내 통지표에 쓰인 내용은 "성적이 우수하고 청소를 잘하며 남을 배려할 줄 아는 아이임."이다. 이 문장에서 우리 어머니는 "넌 얼마나 청소를 잘하길래 내내 청소를 잘한다가 꼭 들어가냐?" 하시며 쯧쯧 혀를 차셨다. 선생님이 우리 분단 청소를 시키면 남자아이들은 더러는 땡땡이도 치고 여자아이들도 적당히 요령껏 빈둥거려도 남들이야 그러건 말건 나는 열심히 청소했다.

엄만 내게 손으로 콩밤을 먹이며 "이 맹추야, 적당히 요령껏 해야지." 하셨지만 그게 잘 안됐다. 그러던 내가 엄마가 되었고 우리 딸의 통지표에 6년 내내 늘 적혀 있는 말은 "남을 잘 배려하는 아이임."이었다. 유치원 때부터 초등학교까지 늘 그런 문구가 따라붙었다. 남을 잘 배려하는 것도 좋지만 지금 세태에 적당히 이기적인 면도 있어야 하는데, 닮을 걸 닮아야지 하는 생각이 들면서 때로는 기분이 씁쓸했다. 살면서 배려하고 양보하다 보니 의도와는 다른 억울함도 있었고 공연히 마음고생도 많이 했었다. 전인 교육을 위해서는 손뼉 치며 장려해야 하는 일이지만 마음이 마냥 편치만은 않았었다.

시대에 맞게 약삭빠르고 자신의 잇속을 잘 차리는 아이로 지금부터라도 다시 가르쳐야 할까? 생각도 해보았지만 이미 타고 난 성정이었다. 둥글둥글 생겼고 원만한 성격의 아이가 처녀티를 내더니 남자친구를 사귀었다. 서너 번 헤어지고 만나기를 거듭하기에 "첫사랑이 오래도 가네." 하는 내 놀림에 배시시 웃으며 "왜? 헤어지라고?" 하며 응수하더니 그 오빠에게 시집을 간다고 하였다. 예견했지만 반갑고 서운한 묘한 감정이 심장을 관통했다. 상견례를 하고 사돈 될 분들을 만나고 나니 그제사 한결 마음이 가벼워졌다.

지금 와 생각해보니 배려하는 아이가 이기적인 아이보다는 결혼생활을 잘 적응할 것 같다는 생각이 들었다. 결혼은 서로 다른 인격체가 양보하고 배려하면서 조율해나가는 시소 같은 게임이다. 어느 한쪽이 조금만 더 힘을 줘도 이탈하고 만다. 상대의 마음을 헤아려 한 발짝 가까이 다가가기도 하고 살짝 뒤로 물러나기도 해야 문제가 없다. 초등학교 통지표에 쓰인 것처럼 상대를 배려하면서 양보의 지혜를 발휘하리라 믿는다.

"딸아! 네 통지표를 보며, 넌 왜 엄마를 닮았니?"라고 말한 걸 사과하마. 배려하는 삶은 참 아름다운 거란다. 엄마에게서 너에게로 이어진 배려가 너의 아이에게도 이어지기를 바란다. 나중에 너의 아이가 "배려를 잘하는 아이임."이라는 통지표를 받아 오거든 할미와 어미의 우수한 유전자라고 꼭 말해주어라. 엄마처럼 한숨을 푹 쉬면서 이상한 말로 아이를 헷갈리게 하지 말고 많이 많이 칭찬해주어라. 젊었을 땐 배려란 내가 손해를 보거나 제대로 대접받지 못하는 원인일 수 있다고 생각했지만, 이제 와 생각해보니 배려는

다른 사람들과 원만한 조화를 이루어주었고 나를 부드럽게 궁굴
려주었구나. 새롭게 가족으로 만나게 된 낯선 사람들과도 네가 먼
저 다가가고 배려하면서 그분들에게 부드럽게 스며드는 삶이 되리
라 믿는다. 너의 배려가 너의 삶에 딱 맞는 간이 되어서 맛깔나는
삶이 되도록 엄마가 늘 응원하마.

2부

나 어렸을
적에

신발
치수

외출하기 위해 현관을 나서며 신발장을 열었다. 어떤 신발을 신을까 살펴보다가 문득 어릴 적 추억이 떠올라 웃음이 나왔다. 나는 1남 4녀 중 셋째 딸이다. 큰언니와 둘째 언니가 연년생이고 둘째 언니와 내가 두 살 터울이니 제일 큰언니와 셋째인 내가 겨우 세 살 차이밖에 나지 않았다. 비슷한 또래의 여자아이가 셋이나 되는 우리 집은 늘 왁자지껄하고 소란스러웠다.

2대 독자인 아버지가 아들을 바랐는데 딸만 내리 셋이었으니 아마도 귀하다 여기지는 않았을 것이다. 큰언니와 둘째 언니가 한 살 차이긴 해도 덩치가 비슷해서 옷이나 신발을 사면 똑같은 치수에 똑같은 모양을 사서 쌍둥이처럼 입혔었다. 큰언니가 4학년이고 둘째 언니가 3학년일 때 엄마는 언니들에게 505란 실로 편물점에서 털 스웨터를 맞춰 입혔는데 가슴께에 빨간 장미가 그려져 있었다. 장미꽃 이파리가 내 것보다 네 것이 하나 더 있다고 다투고 내 신발과 네 신발이 바뀌었다고 재잘대고, 하루도 조용한 날이 없었다.

두 언니가 입던 똑같은 옷은 모두 내 차지가 되고, 내리 입혀지다 보니 새 옷은 거의 입어보질 못했다. 그런데 신발만은 다 헤져서 내리 신길 수가 없으니 다행히도 신발은 온전히 새것으로 얻어 신을 수 있었다. 아버지가 딸들을 앉혀놓고 당신의 손으로 신발 치수를 재서 사다 주셨는데 엄지와 검지를 펴서는 내 발바닥을 재시고 다시 엄지와 약지로 언니들 발을 재시면 옆에서 지켜보던 엄마가 "야는 7문 반, 쟈는 8문." 하고 거들었다. 아버지가 "그건 너무 커. 이게 더 정확해 이 사람아." 하며 핀잔을 주면 어머니가 입을 비죽이며 "커야 오래신지."라며 실랑이를 벌이곤 하셨다.

어머니가 사 오시면 질질 끌고 다닐 정도로 큰 것을 사 와서 마침맞을 만하면 이미 다 떨어져서 신을 수가 없었고, 아버지가 사 오시면 금세 잘 맞았다. 모양은 단순하였고 감색에 밋밋한 운동화였는데 큰언니와 둘째 언니는 똑같은 치수에 똑같이 생긴 신발을 어떻게 자기 것을 구별하는지 신기했었다. 새 신발을 얻어 신을 일은 아주 드물어서 주로 명절이나 특별한 일이 있을 때라야 해서 겨우

일 년에 한두 번이 될까 말까 한 일이었다. 어머니는 신발이 해어진다며 새 신을 신고 처음 며칠은 뛰어다니지 말라 당부했었다. 나는 새 신이 아까워서 나가질 못하고 방안에서 신다가 품에 안고 잔 적도 있었다.

어느 해인가 추석 무렵 또래들이 신은 색동 고무신이 너무 신고 싶어서 아버지를 졸랐다. 겨우 얻어낸 기차표 코고무신을 신고 뒷산에 올라 놀다가 맨발에 땀이 차면서 산에서 내려오다가 발이 미끄러지더니 고무신이 거짓말처럼 쭉 찢어져버렸다. 불과 며칠 만에 찢어져버린 고무신을 들고 한 발은 신고 한 발은 맨발인 채 집으로 돌아왔다. 엄마가 알면 분명 혼을 낼 것 같아서 선뜻 들어서지 못하고 바깥에서 우물쭈물 서 있는 내 꼴을 보시고 어이없어하시던 아버지 얼굴이 어제 일처럼 선명하다.

매번 신발을 사러 가실 땐 엄지와 검지를 펴서 가늠하다가 엄지와 약지로, 더 자라서는 중지로 재다가 더는 재지 못하고 아버지는 아주 먼 길을 가셨다. 내 발을 당신의 손으로 잴 필요가 없어지기 전에 서둘러 가버린 아버지에 대한 기억이 신발장을 열자 실뭉치처럼 줄줄이 딸려 나왔다. 아버지의 부재와 그 빈틈이 늘 허기처럼 마음을 맴돌았지만 애써 기억하지 않았었다. 오늘처럼 느닷없이 어린 날의 추억이 소환될 때면 괜스레 마음이 말랑해진다. 아니 어쩌면 봄날 탓일지도 모르겠다.

오래전 가버린 아버지가 살아 계신다면 어릴 적 그때처럼 발바닥을 뒤집어 보이며 "아버지, 발바닥 치수 좀 재어주세요." 하면 뭐라고 하실까? 이제는 네 발이 너무 커서 한 뼘으로 안 된다며 웃으실 게다. 그러면 아버지 손을 꼭 잡고 "아버지, 이젠 돈 많은 내가 사 드릴게요. 바닥에 찰고무가 잔뜩 붙어 있어서 잘 닳지도 않고 오래오래 신을 수 있는 튼튼하고 질긴 신발을 사 드릴 테니 발 좀 내밀어보셔요. 어이구, 딱 한 뼘 반이네." 하면 유식한 척하기 좋아하는 울 아부지가 콩밤을 한 대 먹이시며 "이것아, 무식하게스리 한 뼘 반이 뭐야. 265지." 하며 웃으실 테다.

하늘이 명랑하고 햇볕이 따사로운 봄날 질긴 신발을 신고 꽃놀이 가면 아무리 걸어도 신발이 닳을까 걱정되진 않겠다. 하늘에서 꽃비가 내리면 자박자박 밟으면서 재잘재잘 떠들면 아버지는 "이

풍진 세상을⋯" 하며 희망가를 흥얼거리시겠지! 이젠 당신의 손으로는 잴 수 없이 커버린 내 발을 가만히 내려다보며 신발을 하나 집어 들었다. 어릴 적 신던 것에 비하면 무척이나 튼튼하고 좋은 신발이었다. 오늘은 이 신발을 신고 꽃이 만발한 곳을 찾아 봄놀이 가야겠다.

엄마 찾아
삼만 리

5월 아니면 6월쯤의 신록이 푸르던 어느 날이었다. 여섯 살이던 나는 걸리고 한 살배기 남동생을 등에 업은 엄마가 아버지의 월급을 찾으러 간조 마당에 갔었다. 전국에서 제일 큰 규모를 자랑하던 태백 장성광업소의 간조(월급) 날은 전 종업원들의 잔치 날이기도 했었다.

하장성의 집에서 걸어서 약 4km 정도의 거리를 가야 하는 그곳에는 이미 사람들로 넘쳐나고 있었다. 농경사회에서 산업사회로 걸음마를 하던 단계인 1960년대에는 돈벌이 수단이 많지 않던 때였다. 한 달에 한 번 정기적으로 타는 간조가 농사를 지으며 일 년에 한 번 가을 추수 때나 돈 구경을 겨우 하던 시골 사람들에겐 부러움의 대상이었으리라. 취업을 시켜달라고 찾아오는 친척들이 일 년에 한두 번은 우리 집을 묵어가곤 했었다.

간조 마당에 도착해 누군가와 이야기를 하던 엄마가 내게 다가

71

오더니 "○○야, 엄마가 잠깐 아부지 사무실에 갔다 올 테니 꼼짝 말고 여기 서 있어야 한데이. 오데 가지 말고 알았지." 하더니 엄마는 총총히 어딘가로 사라졌다. 아무리 기다려도 엄마는 감감무소식이었다. 혼자 덩그러니 남겨진 그곳에서 낯선 사람들을 살펴보고 있던 나는 그 시간이 영원처럼 길게 느껴졌다. "혹시? 엄마가 날 이곳에 버리고 간 건 아닐까? 맞아! 툭하면 다리 밑에서 주워왔다고 하면서 '이노무 지지바들 호랭이는 뭘 먹고 사노?' 했었지." 하는 생각이 들자 그 자리에서 마냥 기다릴 수는 없었다. '찾아가야지.'

언젠가 옆집 영애 엄마가 "쟈 아부지가 저 건너 다리 밑에 풀빵 장수 맞나?" 하니까 울 어매가 "아이다. 지금은 군고구마 장수데이." 하고 맞장구를 치며 웃었다. 내가 울상이 되어 "엄마 왜 자꾸 그래?" 하며 징징대는데도 아랑곳하지 않고 "나는 니 엄마 아인데 니 왜 자꾸 날 보고 엄마라고 하는데?" 하며 이웃집 아줌마들과 놀리던 생각이 자꾸 자꾸 떠올랐다. 큰언니는 이쁘다고 동네방네 소문 난 첫째 딸이었다. 둘째 딸에 이어 또 딸인 나는 그냥 '지지바'였다. 엄마가 남동생을 낳았을 때였다. 영애 엄마가 퇴근하는 아부지를 보더니, 누런 알루미늄 냄비를 뒤집어 들고 숟가락으로 두들기면서 "정○ 아부지요. 아들이니더. 아들." 하면서 덩실덩실 춤을 추니 아부지가 함박 웃었었다.

어린 나는 아무것도 모르면서 어른들이 흥겨워하는 것이 마냥 좋아서 영애 엄마를 따라 "아들이래요. 아들. 우리 엄마가 아들을 낳았어요." 하며 동네방네 다니며 자랑을 했다. 어른들이 터를 잘 팔았다며 내 머리를 쓰다듬어주면서 함께 웃었었다. 삼대독자 외아들이라고 귀한 보물 다루듯 하는 남동생과 아부지와 판박이처럼 닮은 둘째 언니를 제외하면 나는 주워 왔다는 엄마 말이 맞을지도 모른다는 생각이 들었다. 그래서 금방 갔다 온다고 속이고 엄마가 사라졌다고 생각하니 눈물이 자꾸 흘렀다. 그렇다고 하더라도 나는 기어이 집을 찾아가고야 말리라. 정말로 내 엄마 아부지가 따로 있다 해도 그걸 알 사람도 역시 엄마뿐이었다. 꼭 찾아가야지 하고 결심을 했다.

길을 나서서 집을 찾아 열심히 걷고 있었다. 그런데 아무리 살펴봐도 이 길이 아닌 것 같았다. 하천가로 무성한 풀들이 내 키만큼 자라 있었다. '아까 올 때 저렇게 키가 큰 풀들이 있었나?' 아무리 생각해도 길이 점점 낯설어지고 내 키만큼 자라 있는 하천가에 풀들이 무서웠다. 맞은편에서 걸어오고 있는 아줌마에게 다가가서 "아줌마 우리 집 좀 찾아줘요." 하고 매달려 울면서 "우리 집은요 태백중학교 앞이고요. 울 엄마 이름은 이○○이고 아부지 이름은 최○○ 나는요 엉엉~ 엉, 최○○이에요." 했더니 아줌마가 눈을 왕방울만큼 치켜뜨더니 "니 지금 오디서 오는 거나?" 묻기에 "간조마당이요." 대답하니 하하하, 웃으며 "니~이 반대로 왔구마이." 하시더니 나를 데리고 다시 그곳으로 갔다.

발 디딜 틈 없이 많은 사람이 있는 그곳으로 다시 가자 "에에에, 아를 찾습니다. 빨간색 바지에 줄무늬가 있는 나이롱 티를 입고 단발머리를 한 여섯 살짜리, 이름은 최○○이라는 여자아를 찾습니다."라는 방송이 흘러나오고 있었다. 내 이름이 나오길래 "아줌마, 우리 엄마가 날 찾는 거지요? 맞지요?"라며 훌쩍이는데 어디서 나타났는지 바람처럼 나타난 울 어매가 "아이고 이노무 가시나야~" 하면서 콩밤을 한 대 먹이더니 나를 얼싸안고 쓰다듬었다. 더운 날 남동생을 등에 업은 엄마는 얼굴이 벌겋게 달아서 땀을 비 오듯 흘리고 있었다. 그러니까 울 아부지는 풀빵 장사도 아니었고 다리 밑에 군고구마 장수도 아니었던 것이었다.

엄마가 날 데리고 온 아줌마에게 "이 아이를 어디서 만났냐?" 물었다. 계산동 가기 전 이중교 다리 아래서 만났다는 말에 그 자리에 가만히 있으라고 했더니 그새 그렇게나 멀리 갔었냐며 화를 냈다. 눈물로 범벅을 한 내가 "엄마가 맨날 다리 밑에서 주워왔다고 해서 날 버리고 간 줄 알고 친엄마 찾아달라 할라고… 엉 엉엉." 말하는데 설움이 복받쳐서 또 눈물이 쏟아졌다. 갑자기 엄마가 박장대소를 하며 웃더니 "아이고 이 맹추야. 아줌마들이 니를 놀려먹느라고 그런 걸." 하길래 "그게 왜? 장난이냐고?" 엄마의 가슴팍을 두들기며 한참을 엉엉 울었다.

'엄마 찾아 삼만 리'가 동네방네 소문이 나고 수돗가에 모여든 아낙들은 "니이~ 친엄마 찾아갈라 했다매?" 하며 운을 떼면 영애 엄마와 울 엄마가 하던 말투를 흉내 내면서 친엄마를 찾겠다는 나의 야무진 결심까지 줄줄이 읊어댔다. 아낙네들은 배를 잡으며 웃었고 사람들이 웃어주는 재미에 나는 한동안 동네 아줌마들에게 둘러싸여 그 얘길 앵무새처럼 하고 또 했었다.

소낙비

곱게 단장을 하고 집을 나선다. 엘리베이터에서 내려 아파트 현관 앞에 우두망찰 서서 비가 내리는 풍경을 물끄러미 쳐다보며 잠시 생각에 잠긴다. '올라가서 우산을 가져올까? 아니면 그냥 몇 발짝 차가 있는 곳까지 뛰어갈까?' 아파트 9층에서 베란다를 통해 내다보면서도 비가 내리는 걸 미처 몰랐다. 촉촉이 소리 없이 내리는 비였다. 아주 어릴 적 루핑 지붕 아래 살 때는 모를 수가 없었다. 툭, 투 툭, 투 투 투 툭, 아무리 얌전히 와도 알 수 있었다. 보슬비 소리를 자장가처럼 들으며 잠이 들기도 했었고 요란스레 내리는 소낙비 소리에 놀라 어슴푸레 잠을 뒤척이기도 했었다.

기후변화 탓일까. 어릴 적엔 이르면 6월에서 9월쯤 규칙적인 장마철이 있었으나 지금은 장마철을 뚜렷이 느끼지 못하는 현실이다. 장맛비가 시작되면 후드득 소낙비가 내리다 뚝 그쳐버리는 일이 자주 있었다. 초등학교 5학년이 되던 그해 여름도 장마가 시작되면서 잦은 소낙비가 내리더니 큰비가 되어 우리가 살던 마을을 휩쓸며 대홍수가 난 일이 있었다. 그날은 지붕을 두드리는 소낙비 소리가 온종일 시끄러웠다. 저녁때가 되어 야트막한 문지방 아래까지 넘실대며 흘러가는 물을 보며 어른들은 걱정에 싸여 있었는데 초저녁잠이 많은 우리 남매는 잠이 들었다.

얼마를 잤을까? 누군가 흔들어 깨워 눈을 떴더니 이불 보따리와 솥단지를 챙기신 아버지가 우리를 내려다보고 있었다. 잠에 취해 눈을 비비는데 누군가 고래고래 소리를 질러가며 꽹과리를 두들기는 소리가 들려왔다. 놀라서 아버지를 쳐다보니 동네 이장과 청년들이 피난 가라고 소리를 질러가며 마을을 돌고 있으니 얼른 따라나서라며 재촉하셨다. 가장 어린 막내를 둘째 언니가 업고 쌀과 이불 보따리를 들은 어른들을 따라 집을 나와 신작로를 건너 언덕 위에 있는 이발소 집으로 피난을 하였다. 이발소는 졸지에 피난민들로 북새통을 이루고 있었지만 나는 구석을 찾아 잠이 들었고 아침에 눈을 뜨니 한잠도 못 잔 어른들의 얼굴엔 수심이 가득했다.

문을 열고 밖으로 나가 발아래 마을을 굽어보니 신작로 아래 야트막한 마을은 거의 형체를 알아볼 수 없을 정도로 초토화되어 있었다. 30여 가구가 옹기종기 모여 있던 마을은 지붕만 겨우 보이고 물은 그곳이 마치 원래 강이었던 양 마을을 가로질러 도도히 흐르고 있었다. 아버지는 가마니째 가져다 놓았던 쌀이 다 떠내려갔을 거라 애석해하면서 그래도 마을 주민 모두가 피난했으니 다행이라 했다. 3일 만에 물이 빠지고 아래로 내려가니 형체도 알아볼 수 없는 집에는 남아 있는 살림살이가 거의 없었다. 진흙을 퍼내가며 건져낸 건 수저 몇 개와 흙 속에 파묻힌 채 볼썽사나운 꼴을 하고 굴러다니는 그릇 몇 개가 전부였다. 걱정하던 쌀가마니가 그대로 있기는 했지만 먹을 수는 없었다. 입은 채로 허겁지겁 집을 버리고 목숨만 건진 사람들은 식량도 옷도 없었고 마을로 들어오던 다리조차 끊겨 아무것도 구할 수가 없었다.

그렇게 일주일이 흘렀을까? 타 타 타 타, 하늘에서 나는 헬기 소리에 마을 주민들이 몰려들었고 저 먼 하늘에서 마을로 무엇인가 떨어지고 있었다. 구호 물품이었다. 어른들이 달려들어서 상자를 풀자 쌀, 라면, 헌 옷, 다이얼 비누 등이 쏟아져 나왔다. 배급받은 구호 물품과 냉수로 주린 배를 채우면서 하루하루를 겨우 버텨내는 중에 장마가 휩쓸고 간 마을에 전염병이 돌기 시작했다.

어느 날 나는 체한 것같이 메슥거리고 머리가 아프면서 어지러웠다. 노오란 얼굴로 어지럽다는 나를 업고 아버지는 병원으로 달려갔다. 병원에서는 체했다며 엉덩이에 주사를 놔주었는데 주삿바늘을 빼는 순간 그대로 정신을 잃고 쓰러지고 말았다. 아주 먼 곳에서 희미하게 사람들이 떠드는 소리가 들렸다. 얼마 후 정신이 드는 것을 지켜보고 있던 의사는 너 때문에 놀랐다며 혀를 끌끌 찼고 아버지는 아이가 허약해서 의사 선생님을 걱정시켜서 죄송하다며 의사와 간호사를 향해 연신 고개를 숙이고 있었다. 아버지 등에 업혀 집으로 돌아온 나는 다음 날도 그다음 날도 일어날 수가 없었다. 보건소에서 사람들이 나와서 집집마다 뒤져서 누워 있는 환자들을 죄다 싣고 보건소로 데리고 갔다. 도착하니 보건소에는 마당까지 천막을 쳐놓고 환자들이 누워 있었다. 중한 환자들은 보건소에 남겨지고 나는 집으로 돌려보내졌는데 그 후로 두어 달을 더 자리에 누워 지냈다.

안락했던 루핑 지붕 아래의 보금자리를 잃어버리고 환자까지 생겼으니 비가 내리면 큰일이었다. 행여 소낙비라도 내린다면 허술한 천막으로는 감당이 안 될 것이다. 모든 것을 잃고 허허벌판에 남겨진 사람들은 정부에서 쥐여주는 몇 푼의 돈으로 집을 짓기엔 턱도 없었지만, 날씨는 하루가 다르게 추워졌고 닥쳐올 겨울을 준비해야 했다. 아버지는 다시 집을 짓기 시작했다. 산에서 나무를 잘라다 기둥을 세우고 흙벽돌을 찍어가며 구슬땀을 흘리시더니 또다시 루핑 지붕을 덮어 올렸다.

탁, 타 탁, 투 투 투 툭, 우리는 다시 루핑 지붕 아래서 잠이 들었고 밥을 먹었고 울고 웃었다. 가난하고 어려웠던 시절, 가난의 상징 같은 루핑 지붕 아래서 함께 들었던 빗소리를 언니들도 기억할까? 세상에서 가장 안전하고 세상에서 가장 따듯하고 세상에서 가장 안락한 곳이었던 루핑 지붕 아래에서 들었던 그 소리, 때로는 시끄럽고 듣기 싫은 소음이었다가 때로는 잔잔한 음악이기도 했던 그 소리가 지금도 가끔 생각난다.

빗소리를 들으며 자라던 아이는 언제부터인지 그 소리를 잊어버렸다. 빗소리를 전해주던 지붕이 단단한 시멘트로 바뀌면서 덩달아 아이도 단단한 어른이 되었지만, 그 속엔 늘 아이가 함께 있었다. 숙녀가 되고, 엄마가 되고, 어머니가 된 지금까지도 내 안엔 항상 소녀가 산다. 오래전 발그레 상기된 얼굴로 두 눈을 반짝이던 소녀에게 많은 영감과 상상을 선물해준 자연의 소리들을 이젠 아주 가끔밖에 듣지 못한다. 시멘트로 겹겹이 발라져서 차곡차곡 쌓아 올린 아파트 천장에선 생활 소음만 가득하다. 빗소리도 바람 소리도 들리지 않는 콘크리트 속에서 가끔 어릴 적 기억들을 건져 올릴 뿐이다.

비 오는 날 땡땡이 원피스에 빨간색 장화를 신고 우산을 받쳐 든 부잣집 딸이 너무나 부러웠었다. 우산도 없고 장화도 없는 것에 대한 반항으로 비를 잔뜩 맞은 채 쏘다니다가 생쥐 꼴로 돌아가 처량한 몸짓으로 측은지심을 동정해보려던 나의 어설픈 행동이 오히려 어머니의 화만 돋우기도 했었다. 어머니는 "소낙비가 내리면 어딘가로 피해 잠잠해질 때까지 기다려야지. 천방지축 그 비를 다 맞고 다니는 천둥벌거숭이."라며 나무랐다. 어른이 되어서도 어쩌다 갑자기 내리는 소낙비에 온몸이 젖어들 때면 그때가 생각나서 혼자 웃는다.

어머니가 비에 젖은 아이를 깨끗이 닦아서 품에 안고 당장 달려가 빨간색 장화와 노란 우산을 사 줄지도 모른다고 아이는 상상했었다. 아이의 상상 속 동화는 한 번도 아이의 생각처럼 완성되지 못했지만 날마다 행복한 동화를 꿈꾸면서 아이는 자랐다. 어른이 되어서도 늘 멋지고 행복한 드라마를 꿈꾸어보지만 현실은 자꾸 어긋나기만 했다. 늘 어긋나고 만족하게 완성되지 않지만 나는 매번 행복하고 아름다운 동화를 상상하고 기대한다. 아직도 나의 동화는 이리저리 궁리하고 수정하면서 채색 중이다. 가랑비가 내리면 '미파솔라솔미도' 노래하던 아이가 있었다. 소낙비가 내리는 날이면 루핑 지붕을 때리던 요란한 빗소리를 피해 자주색 캐시밀론 이불 속으로 숨어들던 열두 살 계집아이가 내 안에서 자박자박 걸어나오며 배시시 웃는다.

소낙비로 떠오른 추억을 가만히 접으며 차까지 뛰어가기로 마음먹었다. 그래 트렁크에 노란 우산은 아니지만, 소낙비를 너끈히 받아줄 우산이 있지 않은가. 아니 어쩌면 우산을 꺼내기 전 그칠지도 모르지.

불을
지피다

　김장하고 남은 배추 시래기를 삶기 위해 장작불을 피웠다. 넘실넘실 일렁이는 불꽃의 춤사위를 쳐다보다가 사진을 찍기 위해 휴대폰을 꺼내 들었다. 장작을 때본 사람은 신비하게 타오르는 불꽃이 얼마나 아름다운지 안다. 탁, 타다다 닥 타들어가는 소리가 심장을 요동치게 만들고 불꽃이 넘실댈 때의 그 오묘한 춤사위는 신기에 가까울 정도이다. 불꽃이 커질 때는 살짝 흥분을 느끼면서 가슴에 짜릿한 전율이 온다. 파랗게 보였다가 금세 빨갛게 타오르는 매혹적이고 강렬한 색깔은 나를 잡아끈다.

　초등학교 5학년 때였다. 수해로 집을 잃고 다시 집을 지은 그해 겨울이었다. 아버지가 나를 부르더니 저녁에 손님이 오시니 건넛방에 이부자리를 펴고 아궁이에 불을 때라 하셨다. 동네 초상이 났는데, 먼 곳에서 문상 온 당신 친구 분을 하룻밤 재워주실 요량이었다. 저녁을 먹고 장작을 가져다가 풍로를 돌려가며 불을 지폈다. 풍로가 일으키는 바람으로 장작불이 활활 타올랐다. 빨간 혓바닥을 날름거리며 타오르는 불꽃을 쳐다보니 재미있고 아주 예뻤다.

불놀이가 재미있어서 아버지가 장작을 네 가슴으로 한 아름만 가져다 때라 했지만 나는 인심 좋게 한 아름의 나무를 더 가져다 넣었다. 엄마가 바느질로 새 솜을 놓아 꿰맨 두툼한 솜이불을 정성스레 깔아 덮어놓은 다음, 우리는 아랫방에서 나란히 잠이 들었다. 얼마를 잤을까? 바깥이 소란스럽고 차가운 느낌이 들었다. 비몽사몽 깨어보니 아버지가 우리를 향해 서 있었고 사람들이 아버지를 둘러싸고 있었다. 차가운 초겨울 바람이 살갗을 파고드는데 아버지는 물인지 땀인지 흥건하게 젖은 채 후줄근히 우리를 내려다보다가 풀썩 힘없이 주저앉았다.

아버지가 나를 쳐다보며 "대체 불을 얼마나 땐 거냐?" 하기에 무슨 뜻인지 몰라 멍청하게 쳐다보는데 한숨을 휴 쉬더니 "말하면 뭐하누. 어서 자라." 그 말을 남기고 밖으로 나가셨다. 마침 마당가에 조그만 실개천이 흐르는지라 불은 쉽게 꺼졌다. 웅성대던 사람들도 모두 돌아가고 나는 다시 잠이 들었다. 다음 날 아침에 마당을 나와 보니 흙벽이 까맣게 그슬렸고 방문은 뼈대만 남아 있었다. 안을 들여다보니 이불 한 채가 홀랑 타고 시커먼 자국과 함께 벽지도 군데군데 흉측하게 남아 있었다.

다음 날 언니에게 "왜 불이 난 거냐?" 물었다. 언니의 말이 내가 불을 너무 많이 때는 바람에 이불을 깔고 덮고 해놓은 것이 방바닥의 열기를 이기지 못해 불이 났다고 했다. 원체 술을 좋아하는 아버지는 상갓집을 가면 밤을 새우는 분이었다. 그런데 그날은 자정쯤 불현듯 집에 가고 싶다는 생각이 들었는데, 돌아가신 할아버지가 자꾸 집으로 가라 하더란다. 믿을 수 없는 이상한 말이었지만 조금만 더 지체했으면 바로 옆 아랫방에 잠들어 있던 우리도 무사하지 못했을 것이 분명했다. 그 후 아무도 나에게 불을 피우라 시키지 않았고 나도 불이 무서웠다.

인간이 생존을 위해 꼭 필요한 두 가지가 물과 불이다. 적당한 양의 불을 필요한 만큼만 써야 하듯이 마음의 불도 딱 그만큼만 써야 한다. 마음의 불을 다스리는 데에는 스스로 오랜 시간을 거치고 인내하는 자기 다스림이 필요하다. 사람들이 사리 분별을 제대로 못 하거나 처신이 어설프면 불장난이라 한다. 성질이 급한 사람을 일러 불같은 성격이라 하고 화가 나면 "속에서 불이 난다."라고 말하기도 한다. 참느라 생긴 마음의 병은 화(火)병이라 한다. 나도 한때 가슴속 화를 다스리기 힘들어 폭주하던 날들이 있었고, 다스리느라 무던히 힘이 들었다.

사람의 마음을 불에다 비유한 것은, 물은 하늘이 주는 자연재해지만 불은 사람이 필요해서 만들어내는 것이니 잘 조절하라는 뜻일 것이다. 사람을 지배하는 마음의 불도, 인간을 생존하게 하는 생활의 불도 결국은 스스로가 다스려야 한다. 적당량을 넘은 장작불로 자칫 온식구가 화마를 입을 뻔했던 것은 어린아이의 실수 때문이었다. 스스로 생활의 불과 마음의 불을 모두 조절할 수 있는 어른이 되기까지 주변의 어른들은 나에게 어떤 영향을 주었을까? 한 아이가 자라서 어른이되는 과정 중에 마음의 불을 조절하는 능력이 생길 때까지는 숱한 어른들의 도움과 경험이 필요하다. 아이의 주변과 모든 환경이 그 아이를 함께 키운다.

　고요히 타오르는 불을 쳐다보면서 마음속에 꺼지지 않는 불씨 하나를 깊이 넣어두어야겠다고 생각했다. 누군가 마음이 추울 때 넣어둔 불씨를 꺼내 따스한 불을 지펴줄 수 있는 사람이 되고 싶다. 부디 나의 말과 행동에 그 누구도 상처받지 않는 그런 사람이 되고 싶다. 다른 누군가가 나에게 주는 상처도 따스한 온기로 녹여낼 수 있는 사람이 되도록 마음속에 따뜻한 군불 하나 지펴놓아야겠다.

나 어렸을
적에

나에게는 위로 언니 둘 아래로 남동생과 여동생이 있다. 그러니까 나는 맏이도 아니고 귀한 아들도 아니고 귀염둥이 막내도 아닌, 오 남매 중에 딱 중간이다.

엄마는 누구 하나가 잘못했다 하면 우리 다섯을 다 불러들였다. 싸리 회초리를 꺼내놓고 앉아 있는 방에 불려 들어갈 때면 공포 그 자체였다. 큰언니는 무지하게 허풍스러운 사람이다. 엄마의 손이 닿자마자 까르륵 넘어가면서 "동네 사람들 쫌 나와 봐요. 여기 사람 죽어요. 아가 죽는다고요!" 소리소리 지르며 펄펄 뛰다가 도망가는 초나리 방정꾼이다. 둘째 언니는 읍소형이다. 뭐가 됐건 무조건 "엄마 잘못했어요. 한 번만 용서해주세요." 눈물 콧물 흘려가며 빈다. 엄마가 왜 화가 났는지, 그게 누구의 잘못인지 묻지도 따지지도 않고 왜 그러는지 나는 이해가 안 됐었다.

추운 겨울날이었다. 동네 아이들이 모두 얼음을 타러 가도 우리는 갈 수가 없었다. 얼음을 타고 오면 옷을 모두 버려서 빨래가 많아진다는 이유로 엄마는 우리를 바깥에 못 나가게 했다. 우리 세 자매는 방에 옹기종기 모여 인형 놀이를 하고 있었다. 둘째 언니와 큰언니는 연년생이었지만 덩치는 둘째 언니가 컸다. 그래서 꾸미기 좋아하는 큰언니는 엄마 역을 둘째 언니는 아버지, 나는 아이 역을 맡았다. 베개를 이불에 싸서 들쳐 업은 큰언니는 엄마 몰래 엄마의 립스틱을 훔쳐 바르고 자신이 엄마인 척했다. 입술을 빨갛게 바른 큰언니가 이뻐 보여서 나도 한 번만 발라달라고 하면 "아이는 절대로 안 된다"고 윽박지르며 혼을 내곤 했다.

그렇게 긴 겨울을 나고 있던 어느 날, 점심때가 지난 즈음 엄마가 방으로 들어오더니 우리를 자꾸 흘긋거렸다. 분명 큰언니가 훔쳐 바른 립스틱 자국이 보였을 텐데 아무런 말이 없었다. 그 대신 보자기로 둘둘 말은 뭉치 하나를 들고 조심스레 장롱을 열더니 이불 갈피에 깊이 쑤셔 넣고 우리를 돌아보며 말했다. "너희들! 이 곗돈 탄 거 느이 아부지한테 말하면 다 죽을 줄 알아?" 하기에 단체로 "예" 하고 대답했다.

그날 저녁 둘째 언니가 퇴근해서 들어오는 아버지를 보면서 "아부지, 나는 아무것도 몰라요." 하니 뜬금없는 말에 아버지가 "응? 무슨 소리냐?" 하며 큰언니를 쳐다보았다. 큰언니가 얼른 받아서 "엄마가 곗돈 탄 거 아부지한테 말하지 말라 했는데요."까지 했다. 결국 엄마는 곗돈 탄 게 들통나면서 아버지에게 몽땅 빼앗겼고 화가 머리끝까지 나서 우리를 불러들였다. 나는 아무런 얘기도 안 했는데 억울했다. 내 차례가 되고 매번 같은 방식인 엄마가 "열 대를 때릴 테니 열까지 세라." 한다. 내가 잘못한 게 없는데 하는 생각으로 나는 울지도 빌지도 않았다. 나중에 알고 보니 큰언니는 한 다섯 대 둘째 언니는 한 서너 대를 맞았다.

오랜 시간이 흘러서 엄마와 형제들이 모두 모인 자리에서 궁금해서 물어보았다. 부엌에도, 항아리나 찬장 또는 그릇 안에 적당히 숨길 데가 있었을 텐데 왜 방에까지 왔으며, 방으로 왔다 한들 슬며시 넣어두면 우리는 알 수도 없는데 굳이 우리가 알 수도 없는 곗돈 얘기까지 해서 그 사달을 만들었냐고, 나는 지금도 그게 이해가 안 된다고 했다. 어머니가 "그러게." 하며 빙그레 웃더니 그때는 무조건 이불 갈피에다 보관했었다며 웃었다. 또 한 가지, "왜 매번 누가 잘못했건 우리 다섯을 다 때린 거냐?" 물으니 잘못한 사람만 때리면 안 맞은 아이가 혹시 맞은 아이를 약이라도 올릴까 봐 그랬다고 했다. 그러면서 "너는 애가 어쩌면 그렇게 미련하냐? 큰애는 사람 살리라며 펄펄 뛰다 도망을 가니 제대로 못 때렸고, 둘째는 울며불며 한 번만 용서해달라고 빌어서 제대로 못 때렸다. 그런데 너는 다섯까지 세다가 너무 아프면 궁둥이를 반대쪽으로 돌리면서 '여서엇' 하면서 이빨을 갈아 무니 괘씸해서 더 때렸었다"며 "아이고 독한○" 한다.

나는 내가 잘못한 게 없으니 울기도 빌기도 싫었다. 그걸 그렇게 하면 안 된다는 것을 아는 데는 그로부터 30년이 넘게 걸렸지만, 지금은 뻔히 알면서도 그렇게 하기 싫다. 왜? 그건, 그게 나이기 때문이다. 사람은 안 변한다는 말, 세 살 버릇 여든까지 간다는 말은 맞는 말이다. 큰언니도 여전하고 둘째 언니도 여전하지만, 나도 그때나 지금이나 똑같다. 이제 나이가 들었으니 조금 변해도 괜찮지 않을까? 큰언니에게는 약간의 허풍을, 둘째 언니에겐 착한 유전자를 지금이라도 조금씩 나눠달라고 해야 할까? 생각 중이다.

아버지의
영어

아버지는 유식했다. 아버지가 쓰신 한문은 명필이었다. 동리에서 초상이 나면 상여 앞에 들고 가는 깃발을 써달라고 부탁을 하러 오기도 하고 회사에서 근로자들에게 알릴 거리가 생겨 공고문을 써 붙일 때는 늘 아버지의 손을 거쳤다.

음주 가무를 좋아하시던 아버지는 술이 거나해지면 아버지가 작사 작곡한 노래를 부르며 들어오시곤 했다. "우리 집엔 돈도 많고 딸도 많은데…"라는 자작곡 노래를 끝내면 "이 풍진 세상을 만났으니 너의 희망이 무엇이냐?"란 노래로 마무리를 하셨는데, 마을 입구에서 시작한 아버지의 노래는 사립문에 도착하면서 끝이 났다.

어머니는 동네 카수였고 아버지는 동네에서 제일가는 음치였다. 어머니는 장자였던 할아버지가 작은할머니까지 두면서 문전옥답을 다 날렸다고 가끔 애석해하셨다. 어머니는 아버지가 누구를 만

나든 술과 밥을 사주고 주머니에서 돈이 똑 떨어져야만 집으로 돌아온다며 날마다 아버지를 비틀어 짰지만, 사실은 아버지가 사주는 것이 아니고 그 누군가가 아버지에게 붙잡혀 술 동무를 해준 것일지도 모른다. 아버지는 어머니의 지청구에도 굴하지 않고 꿋꿋이 한량의 길을 걸었다.

여름 방학이 되면 우리 다섯 남매는 솟을대문을 거쳐야 들어가는 동네 제일의 부자인 작은할아버지 집을 찾아갔다. 어머니는 이 땅도 저 논도 저 위에 밭도 다 우리 것이었다는데 하며 한숨을 쉬곤 했다. 큰아들이셨던 우리 할아버지가 제일 많이 물려받았지만, 할아버지가 하나씩 떼어 팔 때마다 현금 동원이 쉬운 작은할아버지가 사들인 거라고 했다. 아버지는 그래도 남의 손에 안 넘어간 게 어디냐고 웃고 어머니는 웅얼대며 말을 삼켰다. 작은할아버지는 추수 때가 되면 농작물을 아주 조금 나누어주며 쯧 하고 혀를 찼다.

그런데 어머니가 평생을 두고 가장 억울해한 것은 토지도 돈도 아닌 당신 자신이었다. 17세에 스물여섯의 아버지에게 시집와서 18세에 큰언니를 출산하고 19세에 둘째, 21세에 셋째인 나까지… 거기다 시아버지와 손아래 시누이를 치다꺼리하면서 농사일까지 도와야 했으니 매일이 정신없이 바쁘고 고된 나날이었다. 아버지는 저녁이 되면 이웃집 순이 아줌마네 집에 갔고, 어머니는 군대 간 아들이 보내온 편지를 읽어주러 가는 줄로만 알았다. 순이 아줌마는 청상과부로 유복자인 아들을 하나 두었고 그 아들이 군대에 갔는데 까막눈인 아줌마가 글을 모르니 아버지가 편지도 읽어주고 답장도 써주러 가는 줄로만 알았다. 첫닭이 울고 나서야 돌아온 아버지가 "편지를 써주고 깜빡 잠이 들었었다" 해도 어머니는 그저 그런 줄 알았다.

그런데 개울에 빨래하러 가면 동네에 나이 먹은 아주머니들이 어머니를 보면서 "순예네 새 덕, 어젯밤도 아범은 편지 읽어주러 간겨?" 물었고, "야." 하는 엄마의 대답에 "그랴아~" 하며 단체로 까르르 웃는 것인데, 그것이 영 께름칙하고 느낌이 이상했다고 한다. 그 후 편지 읽어주러 가는 걸 말리면서 부부 싸움이 시작되었고, 삐뚤삐뚤 겨우 한글만 깨우친 어머니가 어느 날부터 싸울 때마다 들고 나오는 이야기가 생겼다.

이씨 조선 양녕대군 호롱파의 사대부집 딸이 이노무 집구석에 와서 평생 고생만 하고 산다는 이야기를 시작으로 "아이고오 내 팔자야"로 끝이 나는 긴 푸념이 이어졌고, 아버지의 인내력이 바닥 날 때쯤이면 "쎘따 마우스. 쎘따 마우스." 아버지의 영어가 터져 나왔다. "홍, 유식한 척하기는." 하며 어머니가 빈정대면 아버지의 영어가 한 번 더 나왔다. "쎘따 마우스. 노 까뗌." 이 영어를 끝으로 아버지는 밖으로 나가버리곤 했다.

오랜 후에 문득 아버지가 생전에 하시던 국적 불명의 영어가 궁금했다. "아버지가 어머니하고 싸울 때 쓰던 그 영어는 대체 어디서 배우신 거래요?" 물었더니 "하이고 야! 야!! 니 아부지가 원래 유식하잖나? 나를 무식하다고 얼매나 무시했는지 니 모르제?" 어머니는 유식한 아버지가 일어와 영어까지 삼 개 국어를 구사하셨다고 굳게 믿고 있었다. 발자국만 남기고 간 공룡이 지금까지 전설로 남아 있듯이 아버지의 영어는 어머니에게 지금까지 그렇게 전설로 남아 있었다.

아지랑이와
놀던 날

소란스럽다. 공기가 둥둥 날아다니고 바람이 살살 실려 와 콧등을 간질인다. 봄이 오신 게다. 기온이 영하로 내려가지 않으니 옥상에 다육식물을 내어놓아야지 생각하며 창문을 열고 바깥을 내다보았다. 저 멀리 희미하게 피어오르는 아지랑이를 쳐다보며 문득 오랜 기억 속 유년의 봄을 만났다.

아주 어릴 적 유난히 깔끔한 엄마는 겨울 방학이면 우리를 아예 집에서 내보내질 않았다. 1남 4녀인 우리 오 남매는 방 안에서만 생활해야 했다. 나가서 얼음을 지치거나 흙 속에서 놀다 오면 빨랫거리가 생긴다는 게 그 이유였는데, 그때는 그게 얼마나 야속했는지 모른다. 다른 아이들처럼 얼음판 위를 신나게 놀고 싶어서 오줌이 마렵다든가 기타 등등의 이유를 대고 탈출을 감행할라치면 한 번도 성공하지 못하고 들키고 말았다. 어쩌다 엄마가 외출하면 그렇게 신이 날 수가 없었다. 물론 엄마는 저만치 나갔다 다시 돌아와 "엄마 올 때까지 말썽 피우지 말고 집안 어지럽히지 마! 알았지?"

한 번 더 다짐하곤 했다.

옛날의 가옥 구조는 창이 별로 없어서 어두컴컴한 방이 대부분이었다. 좁은 방 안에서 오 남매가 복닥대면 나는 어서 빨리 봄이 오라고 마음으로 성화를 했었다. 아무런 놀거리가 없는 겨울이 세상에서 제일 재미없는 계절이었다. 봄이 오고 진달래, 개나리가 만발하면 뒷산을 오르내리며 온종일 들판을 쏘다녔다. 엄마는 조그만 것이 겁도 없이 혼자 산을 쏘다닌다며 혼을 내셨지만, 나는 겨우내 방에서만 복닥대던 보상인 양 온 천지를 돌아다녔다. 엄마는 "참꽃(진달래)이 필 때는 문둥이가 나타나 어린애를 잡아 간을 빼 먹는단다."라며 절대 혼자서는 산에 가지 말라고 고개를 절레절레 흔들며 겁을 주어도 나는 듣지 않았다.

소녀가 봄날 냉이를 캐러 밭으로 갔다. 밭고랑에는 뭉게뭉게 아지랑이가 피어오르고 있었다. 밭고랑에 엎드려 졸고 있던 복실이가 아지랑이를 쳐다보며 짖기 시작했다. 소녀는 그러는 복실이가 귀여워 밭고랑 아래로 내려가 버들강아지를 잔뜩 꺾어다 복실이를 간질이고 뛰어다니면서 놀았다. 소녀는 텅 빈 바구니에 냉이 대신 개울가에 버들강아지 한 아름을 따서 집으로 돌아갔다. 어머니는 꾀

죄죄한 몰골에 콩밤을 한 대 먹이지만 엄마를 보는 순간 허기가 밀려오고 소녀는 세상에서 제일 맛있는 저녁을 먹었다. 저녁을 먹은 후 침을 묻혀가며 꾹꾹 눌러쓴 일기장엔 오 남매가 빠짐없이 등장하고 엄마와 아버지가 주고받는 소리는 점점 희미해졌다. 초저녁잠이 많은 소녀는 일기를 못다 쓰고 연필을 손에 꼭 쥔 채 잠이 들고 말았다.

상념에 빠져 동화를 쓰다가 그제야 옮기려던 다육식물 화분을 들어 옮기기 시작했다. 집안 곳곳을 둘러보다가 나는 엄마만큼 깔끔하지 못했나? 베란다를 지나 창틀과 집안 곳곳에 묵은 먼지들이 수북이 쌓여 있었다. 이불과 커튼도 빨고 봄맞이 대청소를 해야겠구나? 생각하니 그 옛날 기억들이 또다시 우르르 몰려온다. 세탁기도 없고 빨면 마르지도 않는 빨래를 내복까지 입는 오 남매가 잔뜩 벗어 놓는다. 커다란 고무대야에 빨래가 수북이 쌓여 있다. 엄마 몰래 얼음을 타러 가려고 탈출을 감행하다 엄마의 손에 잡힌 나는 엄마와 눈이 마주치고 엄마는 쓰읍 숨을 들이마신다.

나를 쳐다보며 나가지 말라고 고개를 가로젓던 엄마의 모습이 겹치면서 피식 웃음이 나왔다. 이젠 아무도 들어가라 나가라를 안

하는데 춥다고, 몸이 안 좋다고, 이런저런 핑계로 겨우내 동면을 했다. 갑자기 풀린 날씨로 훅, 봄은 들어왔는데 봄맞이 대청소를 하고 또 무얼 하지? 곰곰 생각하다가 TV 채널을 돌리는데 해외여행 패키지 상품이 나를 유혹한다. 다시 휙 돌리는데 꽃무늬 프릴 블라우스. 좋다! 좋아 저걸 사 입고 복사꽃이 만발한 카페에 가서 절친과 함께 우아하게 차를 마셔야지 하하하.

코로나도 풀리고 날씨도 풀리고 내친김에 올해는 봄꽃 여행도 한번 기획해볼 거나. 아무도 없는 집안을 눈으로 한 바퀴 둘러보며 단숨에 어린 시절로 돌아가본 아름다운 봄날, 사진처럼 박혀 있던 어린 시절 기억 속의 아지랑이가 나에게 춤추듯 걸어오는 어느 날 오후였다.

밀레의
만종

둥글게 말아 구겨 넣은 몸이 소파에 깊숙이 박혀 단잠에 빠져 있었다. 말뚝잠이 깊이 들어 듣지 못하는 걸로 봐선 아마도 어젯밤 잠을 설친 것이 분명했다. 밤이면 수도 없이 깨는 괭이잠을 잔다며 만날 때마다 하소연하던 어머니였다. "어머이" 또 한 번 부르다가 싱겁게 돌아 나와 마당가를 서성였다. 어머니에게 알리고 문상가야 하건만 그칠 줄 모르고 내리는 눈이 소복이 쌓여 아름다운 설경을 그리는 아침이었다. 평생을 비탈진 과수원 밭을 오가던 고모부였다. 겨울이 그나마 좀 한가한 때라며 웃으시던 고모부는 한가한 겨울, 눈이 오는 이 아침에 먼 길을 떠나셨다.

어릴 적 방학이 되면 부모님들은 제천에서 '노리까이'(환승)하는 거 절대 잊지 말고 꼭 잘 찾아가라며 우리 손에 고모 집으로 가는 기차표를 들려주었다. 먹고살기 힘든 시절이라 방학 때만이라도 먹는 입을 덜 요량으로 보내졌다는 것을 알기에는 우리가 너무 어렸었다. 우리야 기차 타고 버스 타고 가는 길이 신이 나서 칙칙폭폭

노래까지 불러가며 찾아가지만, 이미 삼 남매나 있는 집에 우리 오 남매가 보태지면 고모는 얼마나 힘이 들었을까? 고모를 부르며 사립문을 들어서면 고모는 "아이구우 연희 아버지, 이것들이 또 왔시유?" 하며 고모부를 쳐다보며 계면쩍게 웃었고 고모부는 피식 웃으며 "어여 와!" 그게 다였다.

시골에서 농사짓는 분들이 모두 그렇듯 고모와 고모부는 부지런했다. 아침부터 어둑해질 때까지 밭으로 과수원으로 잠시도 쉬질 않으셨다. 두 분의 손은 갈퀴처럼 투박했지만, 그 손에서 길러지는 먹거리들은 달디달았다. 여름이면 고모부의 손을 거친 옥수수와 감자 수박 참외 등 먹을 것이 지천이었고 손맛이 좋은 고모는 호박이나 감자를 대충 볶고 푸성귀를 가져다 조물조물 무쳐놓으면 그 맛이 일품이었다. 엄마가 볶아주는 반찬과는 맛이 달랐다. 반찬을 건건이라 부르는 그곳 사투리는 고모만큼이나 정겨웠다. 방학 때 자주 가다 보니 그 동네 아이들과도 친해져서 잘 어울렸다.

무덥던 어느 여름날 점심을 먹고 밭으로 일하러 가던 고모가 나를 부르더니 "아가, 이따가 3시쯤 되면 장독대에 있는 미숫가루 시원하게 타서 밭으로 갖고 와 응?" 그렇게 부탁하고 일하러 가셨다. 당신들 삼 남매보다 내가 위인지라 나에게 부탁한 것을, 노느라 정신이 팔려 까맣게 잊었다. 4시가 다 되어 부랴부랴 미숫가루를 타서 가지고 가니 고모는 늦었다며 성화인데 고모부는 연신 "어이 시원타"를 연발하시며 웃었다. 냉장고도 없던 시절 금방 퍼 올린 펌프 물이 출렁대며 가느라 미지근하게 데워졌으니 삼복더위에 얼마나 시원하랴마는 고모부는 웃으시고 고모는 괜스레 미안함에 "에그 이것아. 우리 허기지겠어." 하며 알밤 놓는 시늉을 하며 웃었다.

그렇게 오가던 고모 집을 양식이 넘쳐나면서 더는 가지 않게 되었다. 고양이 손이라도 빌려야 하는 농번기 때 아무짝에도 소용되지 않던 아이는 뻔질나게 드나들었었지만, 정작 일을 부려먹을 만큼 뼈와 살이 튼실하게 자라서는 그곳을 가지 않은 것이었다. 고모가 내 기억에서 점점 잊혀가던 어느 날이었다. 친구와 우연히 들른 식당 벽에 걸린 밀레의 그림을 보는 순간 석양이 물드는 들판에 고모와 고모부가 서 있었다. 내가 그동안 무엇을 잊고 살았는지 단박에 기억났다. 어릴 적 기억들이 한꺼번에 떠오르면서 동시에 우리가 왜 방학 때마다 기차와 버스를 갈아타고 온종일 탈탈거리며 고모 집에 가야 했는지 모두 이해가 되었다.

아니 어쩌면 이미 오래전부터 알고 있었으면서 애써 외면하며 부
정하고 있었는지도 모른다. 잔설처럼 남아 있던 슬픈 기억을 굳이
들추고 싶지 않아서 모른 체 잊고 있었던 건 아닐까? 그날 저녁 고
모에게 전화하면서 혹시 고모가 내 이름을 잊어버린 건 아닐까? 너
무 오래 연락을 안 해서 내 목소리조차 잊어버려서 "누구세요?" 하
고 물으면 뭐라고 대답하지? 신호음이 시작된 그 순간부터 가슴이
두근거렸다. "고모" 하고 불렀더니 "누구여?" 하기에 내 이름을 대
니 단박에 "아이구 이게 누구여." 하며 이름을 부르신다. "고모, 나
기억하세요?" 물으니 "암만, 암만, 아이구 반가워." 연신 반갑다는
말을 반복하며 어쩔 줄 모르신다.

그 후 어머니가 조상님 묘소를 정리하는데 같이 가겠나? 하기에
둘째 언니에게 내 감정을 말하고 의논하니 함께 가자 했다. 두 분
을 앉혀놓고 큰절을 드리고 어릴 때 주린 배를 채워 주셔서 감사했
다 말하니 고모는 "뭐 건건이가 제대로 있었남? 그저 풀떼기나 해
먹였지." 하며 웃었다. 가지고 간 반찬과 갈비를 차려놓고 오랜만에
고모와 고모부를 함께 모시고 막걸리를 마시면서 아주 오래된 보
따리를 하나씩 풀었다. 주막거리 아재 이야기가 나오고 소여리 할

머니 이야기가 나왔다. '고모가 온 동네 생일이며 제사까지 모두 기억하는 마을 치부책'이라는 고모부의 말에 모두 함께 웃었다. 소중하고 행복한 하룻밤을 보내고 아쉽게 작별하고 돌아온 후 팔순 때까지 고모부는 건강하셨다.

이태 전부터 고모부가 아프시다기에 한번 가야지 생각하며 차일피일 미루던 중 통화를 하다가 "한번 갈게요." 하며 끊었는데 이제 그 말은 끝내 지킬 수 없는 약속으로 남아버렸다. 바쁘다는 너무나 통상적인 핑계로 꼭 했어야만 하는 것을 하지 못한 것에 대해 후회가 밀려왔지만 이미 늦었다. 온 세상을 덮은 홑이불 같은 눈을 보며 착한 사람은 하늘에서도 이렇게 하얗게 덮어주는구나? 생각하며 다시 어머니를 깨우러 방으로 들어갔다. 방학이면 우리를 고모집으로 보내던 이유를 언젠가 꼭 물어보아야지 했었는데 이제 너무 작아졌다. 소파에 파묻힌 작은 몸피에 힘없이 처진 할머니가 어깨를 들썩이며 잠들어 있었다. 거실 통창으로 내다본 하얀 세상은 고모부의 부고를 알리기엔 적당했다.

가을
하늘

뭉게뭉게 솜털 같은 그림을 그린다. 천천히 아주 천천히 조금씩 다른 그림을 그려내는 가을 하늘이 눈부시게 아름답다. 고추부각을 말리려고 옥상에 올라 밀가루가 잔뜩 묻은 손을 탈탈 털어내다가 올려다본 하늘이다. 맑은 하늘에 한가로이 떠가는 구름을 보노라니 어린 시절이 떠올랐다.

어릴 적 나지막한 뒷동산 아래 자리한 아담한 집이 있었다. 고만고만한 아이들이 왁자지껄 소란을 피우며 까르르 재잘대다가 금세 토라져서 삐죽댄다. 자매들끼리의 재깔거림이 성가시고 마음에 상처가 생기면 동산에 올라 하늘을 보고 팔베개를 한다. 마알간 하늘엔 구름이 유유히 흘러가고 나는 발장단을 까딱거리며 노래를 흥얼거린다. 한참을 그렇게 하늘을 쳐다보고 나면 아까의 일은 없었던 일이 되어버린다. 참 신비한 정화 능력이었다. 어느 날은 그러다가 스르르 잠이 들기도 했었다.

봄의 하늘은 맑고 따듯하다. 밭고랑에 엎드려 겨우내 잠든 땅을 일깨우며 손질하는 어머니의 등을 자장자장 토닥이면서 위로한다. 얼어붙었던 땅은 아지랑이를 피워 올리며 기지개를 켜고 하늘은 땅을 부드럽게 어루만져준다. 쏟아지는 햇살을 마음껏 받아들인 나무와 풀들은 싱싱한 초록을 가꾸고 때맞춰 내려주는 단비는 봄바람을 타고 대지를 살찌운다. 따스한 봄 하늘이 구석구석 알맞게 비추면 걸음마를 배우는 아가도 아장거리며 엄마 손을 잡고 걸어 나온다. 마루 밑에 웅크리고 있던 복실이도 마당가에 나와 앉아 오가는 행인을 보며 게으르게 짖다가 춘곤증을 못 이겨 졸고 있다.

여름의 하늘은 뜨거운 정열을 품고 있다. 불같은 정열을 감추지 못해 용광로 같은 구애를 숨기지 않는다. 쳐다보기가 힘이 든다. 낮이 지나고 석양이 하늘에 걸리면 불그스레 노을이 번지면서 여름 밤하늘의 매직이 시작된다. 서쪽 하늘부터 떠오르는 개밥바라기 별들이 하나둘 떠오르다가 마침내 사방이 캄캄한 밤이 오면 하늘엔 별이 땅엔 반딧불이가 아름답게 빛났었다. 캄캄한 허공에 보석처럼 반짝이며 날개를 파닥이던 그 아름답던 것들은 모두 사라지고 언제부터인가 인공으로 만든 조명이 온 천지를 밝히고 있다.

가을의 하늘은 투명하다. 살짝 뒷걸음을 친 듯 올라간 아름다운 하늘이다. 누구나 그곳을 동경하지만 살아서는 절대 갈 수 없는 곳이 하늘이다. 청렴한 사람들은 하늘을 우러러 한 점 부끄럼 없기를 맹세하고 억울한 사람은 하늘에 걸고 맹세한다. 착한 사람이 죽으면 하늘나라로 갔을 거라 하고 나쁜 사람이 죽으면 하늘이 아닌 지옥으로 갔을 거라 한다. 사람의 힘으로 밝힐 수 없는 일은 하늘만이 아실 거라 말하고 꼭 이루고 싶은 일은 하늘에게 부탁한다. 나만이 알아야 할 일은 하늘이 알고 내가 안다. 자신에게 결백하지 못한 사람들은 감히 하늘을 걸지 못한다.

누군가에게 은혜를 입은 사람은 하늘 같은 은혜라고 말하고 존경하는 사람에겐 하늘 같은 사람이라 칭한다. 하늘은 우리에게 이렇게 많이 비유되지만 늘 최고의 찬사로만 인용된다. 인간의 한계로는 범접할 수 없는 위용을 가졌지만 모든 사람이 우러르고 사랑하는 하늘이다. 힘든 일이 닥치면 하늘도 무심하다며 원망을 퍼붓기도 하고 고비를 잘 넘기면 하늘이 돌봤다며 감사한 마음을 갖는다. 사람의 마음에 이렇게 많은 영향을 주고 늘 함께하지만, 세상 제아무리 도저한 사람도 모두 그 아래에 있다.

티끌 하나 없이 깨끗하고 상큼한 가을 하늘을 보노라니 마음까지 깨끗이 정화되고 있었다. 혼자 보기에 너무 아까웠다. 그 누군가도 지금 나처럼 이 하늘을 보고 있었으면 좋겠다는 생각이 들었다. 너무나 당연했던 파아란 하늘이 이제는 어쩌다 운 좋게 얻어걸리는 행운이 될 줄이야! 미세먼지 없이 깨끗한 이런 하늘이 365일 지속된다면 얼마나 좋을까? 누군가 햇살과 바람과 공기는 모두에게 공평하니 마음껏 즐기라고 말했다. 나는 말한다. 가장 중요한 것이 가장 공평하게 있어서 참 좋다고 10월의 어느 멋진 날에….

이름과
운명학

왜? 그랬을까! 항상 궁금했다. 출생 신고를 제때 안 해서 나이가 줄었다거나 몇 달이 늦게 되어 있다고 하는 사람들이 주변에 많이 있었다. 그런데 나는 태어나기도 전에 출생 신고가 먼저 되어 있었는지 주민등록번호가 실제 생일보다 한참 빨랐다. '이상하다. 출생 신고를 먼저 하고 나를 낳았나?' 그건 좀 이상했다.

서른이 조금 넘었을 무렵 어머니에게 물어보았다. "다른 형제들은 모두 제대로 되어 있던데 어째서 나만 호적에 나온 주민등록번호랑 실제 생일이 다르지요? 엄마는 혹시 그 이유를 알아요?" 물었더니 빙긋 웃으신다. "네가 생각해도 이상하지? 이상할 것이다." 하곤 또 웃으신다. "왜? 어려서 맨날 주워 왔다더니 출생의 비밀 뭐 그런 거야?" 했더니 아니라고 손사래를 치셨다.

사연인즉 2대 독자이신 아버지가 간절히 아들을 바랐는데 큰언니가 나왔단다. 아버지가 몹시 서운한지 밖으로 나가버리더란다.

연년생으로 둘째 언니가 태어나니 술을 잔뜩 드시고 왔더란다. 그리고 드디어 내가 태어나기 전 어머니가 만삭일 때 동네에 면서기가 호구 조사를 나왔는데, 술이 거나하신 아버지가 당신이 직접 써준다고 서류를 건네받았다 한다. 할아버지 아버지 어머니 큰언니 둘째 언니까지 쓰고 서류를 건네다 말고 "아이쿠, 이런 하나를 빼먹었네." 하시길래 옆에 있던 어머니가 힐긋 보면서 "다섯 맞는데?" 하자 "하나 더 있잖소." 하시더니 하나를 더 적으시더란다.

면서기가 돌아가고 어머니가 묻자 "당신 뱃속에서 오늘만 낼만 하는 놈까지 적었지." 하며 웃으시더란다. 어머니가 "아이고 참말로 환장하겠네. 아들인지 딸인지도 몰르는 아를 어트케 적는대요?" 화를 내자 천연스레 "내복에 무슨? 또 딸일 거요." 하며 웃길래 "그래서 딸로 적었으면 이름은? 이름은 뭐로요?" 물었더니 "이름은 성이 있고, 곧을 '정' 자가 돌림자라 마지막 한 자는 배 속에 있으니 뭔 걱정이요. 알 '란' 자로 적었소이다." 하시곤 쿨쿨 주무시더란다.

그로부터 17일 후에 내가 태어나고 성별을 확인한 후에 어머니는 당신이 딸이라고 적어서 또 딸이 나왔다고 벌컥 화를 내자, 아버지는 "이미 열 달 전에 삼신할머니가 정해놓은 게 어찌 내 탓이냐?"

하며 어머니를 타박했다 한다. 갓난쟁이를 가운데 놓고 서로 격하게 말다툼하셨단다. 아들을 학수고대했던 어머니는 잔뜩 화가 나서 섣달 열아흐렛날 추운 밤에 태어난 딸을 포대기에 둘둘 싼 채 윗목에 밀어두고 다음 날까지 쳐다보지도 않았다는 말을 덧붙였다.

며칠 후, 면에 출생 신고를 하러 갔던 아버지가 돌아오더니 겸연쩍게 웃으시며 어머니에게 "셋째는 벌써 출생 신고가 됐어. 아! 글쎄 지난번에 호구 조사 때 내가 써준 걸 면서기가 돌아가서 정리하다가 자기들이 누락시킨 줄로 착각해서 그날로 출생 신고를 했다네." 하자 어머니가 "그럼 이름은요?" 하고 물으니 흐흐흐 웃으시더니 "알 '란'을 난초 '란' 자로 고쳐 놨지. 덕분에 이름은 그냥 지었네." 하시더란다. 태어나기도 전에 출생 신고가 된 희한한 사연을 그제야 알았다.

높은 최, 곧을 '정', 난초 '란'. 이름이 너무 외롭다. 우아하고 기품 있는 이름이긴 한데 높은 곳에 곧게 자리한 난초라니? 차라리 미(美)나 순(順), 이런 이름을 지어주셨다면, 그랬다면 그냥 예쁘게 순하게 편안하게 살았을까? 이름이 그 사람의 삶을 좌우한다는 이야기가 그냥 속설로만 느껴지지 않아서 개명을 생각해본 적도 여러 번 있다. 사람들이 '이름값'이라든가 또는 '이름처럼'이라든가 하는 이야기를 흔히 하지 않는가. 누군가 사주나 팔자를 이야기할 때마다 한 번씩 다시 생각해보곤 했다.

아버지! 지금이라도 좋은 이름으로 바꾸고 이름처럼 편하고 좋은 노후를 꿈꿔 볼까요? 아니면 60년을 썼으니 이름처럼 우아한 체 고상한 체하면서 그냥 살까요?

3부

200만분의 1

고마운
사람

 그날은 어머니의 생일날이었다. 모두 오 남매인 우리는 생일상을
차려놓고 아침을 먹은 후 동해안에 가서 회도 먹고 바닷가에서 놀
다 오자는 누군가의 제안에 모두 좋아라 하며 임원항에 도착했다.
그때는 어머니가 태백에 살고 계셨는데 그곳에서 임원항은 두 시
간 거리인지라 부담 없이 떠났다.

 바닷가에 도착해서 아이들은 파도를 타며 놀고 어른들은 다디
단 자연산 회를 먹으며 웃고 떠드느라 시간 가는 줄 몰랐다. 오후
4시쯤, 출발할 때와 마찬가지로 차량 세 대에 나누어 타고 돌아오
는 길이었다. 목적지에 거의 도착할 즈음 내 품에 안겨 자고 있던
16개월짜리 딸을 내려다보며 나른하고 피곤해서 스르르 눈이 감
겨오는 순간, 갑자기 나타난 커다란 차가 우리를 덮쳤다.

 출발할 때쯤 시작한 보슬비가 추적추적 내리는 길을 앞에는 남
동생이 중간엔 우리가 그리고 뒤에는 언니네까지 승용차 세 대가

나란히 달리고 있었다. 앞뒤의 중형차를 제외한 작은 소형차를 만취의 음주 운전자가 빗길에 커브를 돌지 못하고 정면으로 들이받았다. 15인승 아세아 미니버스가 우리를 길옆으로 처박으면서 운전석이 뒤로 밀려났고 남편의 얼굴은 유리 파편이 박혀 선지피가 얼굴을 타고 흘러내리고 있었다.

남동생이 사고를 감지하고 차에서 내려 달려오고 뒤에서 따라오던 형부도 달려왔지만, 남편은 눈을 부릅뜬 채 정신을 잃고 운전석에 앉아 있었다. 고장 난 운전석 문을 남동생이 맨손으로 살이 찢겨나가도록 강제로 열어 남편을 차에서 구조해냈다. 휴대 전화가 없던 시절이라 구급차를 부를 수도 없고 안타까운 시간은 1초, 2초 흐르고 있었다. 지나가는 사람들에게 공중전화가 보이거든 꼭 좀 112에 신고 해달라고 목이 터지게 부르짖었다. 그때 봉고차 한 대가 우리 앞에 서더니 차에서 내린 남자가 여기서 마냥 기다리면 사람이 죽는다고 자기 차로 가자 했다. 앞뒤 가릴 여유도 없이 축 늘어진 사람을 봉고차 뒷좌석에 실었는데 이마에서 흘러내리는 선지피가 시트를 흥건히 적시고 있었다. 병원에 도착해서 환자를 내려놓고 어쩔 줄 몰라 하는 나에게 괜찮다고 자기한테 인사할 시간에 환자한테 가보라는 말만 남기고는 남자는 훌쩍 떠났다.

CT를 찍기 위해서는 환자가 안 움직여야 하는데, 혼수상태에서도 아프다고 고함을 지르며 계속 움직이던 남편은 여섯 번의 모르핀을 맞고서야 잠잠해졌다. 5시간 만에 CT 결과가 나왔는데, 생명엔 지장이 없지만 후유증은 장담할 수 없다고 했다. 혼수상태를 거쳐 일주일 만에 남편이 의식을 회복하자 이번엔 내가 숨을 못 쉴 정도로 가슴이 아팠다. 그제야 나도 환자였다는 생각에 X레이를 찍으니 가슴뼈가 금이 간 걸 모르고 아이를 업고 계속 서 있는 바람에 갈비뼈가 벌어졌다며 절대 안정을 권했다. 그 후 가진 줄도 몰랐던 뱃속의 5주 된 아이가 유산되었고, 뒷좌석의 조카는 얼굴을, 어린 딸은 뒤통수를 꿰매면서 부상자는 5명으로 늘었다. 남편은 보름 정도 정신이 맑았다 흐렸다를 반복하면서 점차 호전되어가고 있었다.

가해자는 무보험에 무면허에 무주택인 사람이었다. 자동차 보험이 없는 관계로 처음엔 보증금 30만 원을 걸고 입원을 하였고, 며칠 후에 일단 의료보험으로 돌려놓았다. 담당 경찰서를 찾아가 이마가 조금 찢어진 정도의 경상인데 가해자가 입원하고 있다는 이유로 조서도 받지 않고 있는 건 이해할 수 없다며 항의했다. 가해자의 처벌을 강력하게 요구하는 한편 우리를 병원까지 데려다준 운전자의 행방을 알아보려 했으나 경찰들도 아는 바가 없었다. 사 들인 지 얼마 되지 않은 새 차의 시트를 피로 물들였으니 분명 시 트를 교체했을 텐데 누군지 알 길이 없어 감사의 인사마저 하지 못 했다.

경찰들도 마냥 시간을 끌 수는 없었는지 병원에 와서 가해자의 신병을 인도해 갔다. 그 지역 시의원의 막냇동생인 가해자는 집안 의 골칫거리였다. 부모에게 많은 재산을 물려받았지만 다 날리고 집 한 채 없는 무직자라고 했다. 아이가 셋인데 맏이인 큰형이 제수 씨에게 식당을 차려주면서 이걸로 먹고 살라 해서 근근이 먹고산 다고 했다. 지역 유지인 맏형은 시의원이면서 주유소도 경영하는 부자라 알 만한 사람은 다 아는 사람이라 했다.

이제 그 사람들과 싸워야 했다. 책임보험만 들어놓은 가해자는 구속을 피하려고 같은 병원에 입원해 있었지만 한 번도 우리를 찾 아와 사과하지 않았다. 그때부터 지역 유지인 형이 보낸 사람들이 나를 병원 밖으로 불러내어 협박과 회유를 하기 시작했다. 처음엔 "삼백을 줄 테니 합의를 해라. 아니면 뭐 몸으로 때워야지 별수 있냐?"라며 슬슬 어르고 달래는 작전을 취했다. 내가 거절하자 그다음엔 거친 행동으로 위압적인 분위기를 연출했다. 1차 합의는 당연히 불발되었다.

그걸 본 남동생이 "이거라도 읽고 그 사람들하고 싸워봐요." 하며 『교통사고 판례집』이란 책을 사다 주었다. 동생이 사다 준 200페이지에 달하는 두꺼운 판례집을 읽고 또 읽으면서 교통사고 처리법을 배워갔다. 교통사고는 합의를 보더라도 그로 인한 후유증이라면 다시 치료나 보상을 재개할 수 있다. "의료보험으로 치료한 비용에 대해 공단에서 구상권을 청구할 때 가해자가 변제를 못 하는 경우 피해자에게 구상할 수도 있다." 등등 사고마다 유형이 다르고 판결이 다르니 내가 알아내고 내가 싸워야 했다.

얼마 후 다시 찾아온 그 사람들에게 책임보험 청구권을 나에게 넘기고 오백을 달라고 했다. 삼 일 후에 찾아와서 합의서를 쓰자길래 마지막 줄에 "의료보험 구상권은 가해자가 책임진다."라는 특약 한 줄을 넣자 하니 볼펜을 집어 던지며 험한 막말을 쏟아내고는 자리를 박차고 나가버렸다. 그렇게 2차도 불발로 끝나고 기세등등하게 가버리더니 며칠 후 다시 왔다. 3차 합의에서 특약란에 한 줄을 써넣고 밀고 당기는 협상은 드디어 끝이 났다.

53일 만에 태백의 병원을 떠나오면서 병원비를 지불하고 나니 약 80만 원이 남았다. 담당의는 남편에게 "최소한 일 년 이상 절대 안정을 요한다."라는 말과 함께 춘천으로 돌아가거든 대학병원에 가서 MRI 검사를 꼭 해보라는 당부도 했다. '퇴원 후 관리' 사항을 숙지하면서 집으로 돌아오는 길에 남편은 자신을 살려준 봉고차의 운전자를 알아봤냐고 다시 물었다. 만취한 상태로 상대를 죽음 직전까지 몰고 가고도 단 한 번의 사과도 하지 않았던 사람과, 일면식도 없는 사람이 죽을 수도 있다고 판단하고 마음을 다해 구조해준 봉고차의 운전자, 그 두 사람이 대비되면서 집으로 돌아오는 길은 만감이 교차했다.

직접 만나 꼭 감사 인사를 하고 싶었던 봉고차 아저씨에게 지면을 통해 인사합니다. 1995년 7월 중순에 통리 철길 부근에서 혼수상태에 빠져 있던 회색 프라이드 차량의 운전자가 가끔 아저씨를 떠올리면서 고마웠다고, 너무나 감사했다고 지금도 잊지 않고 있답니다. 피투성이의 사람을 외면하지 않고 함께 안타까워하며 도와주신 은혜 절대 잊지 않겠습니다. 항상 마음으로 건강과 안녕을 빌어드리겠습니다.

PS. 일 년 후 의료보험공단에서 연락이 왔다. 가해자가 갚을 능력이 안 돼서 우리에게 받으려고 구상권 청구 서류를 보내기 전에 주소 확인을 한다는 것이었다. "합의서에 특약으로 넣어둔 게 있다." 말하고 팩스로 서류를 보내줬다. 하마터면 피해자가 또 한 번 피해당할 뻔한 것이었다. 의료보험공단 담당자가 다시 전화를 해서 잘 처리했다면서 이런 걸 어떻게 알았냐 하기에 책으로 배웠다고 말해주었다.

200만분의
1

쾅, 소리와 함께 무언가 가슴을 뚫고 빠져나가는 듯한 통증에 잠이 깨었다. 내 품에 안겨 잠이 들었던 16개월짜리 딸아이가 숨이 넘어갈 듯 울기 시작했다. 사고가 난 것이다. 15인승 아시아 미니버스를 몰던 가해자가 음주로 커브 길을 돌지 못하고 1,300CC의 소형차에 탑승한 우리를 들이받았고 프라이드는 종잇장처럼 구겨진 채 길옆 농로로 처박혔다. 앞서가던 남동생이 차선을 넘어오는 상대에게 놀라 자신의 차를 얼른 틀어 가까스로 피하였다는데 바로 뒤에 따라가던 우리 차를 덮친 것이다.

남편의 이마에서 흘러내리는 선홍빛 피에 겁에 질린 아이는 넘어갈 듯 울고 있었다. 마침 지나던 봉고가 병원까지 데려다주었고 새 차의 시트를 피로 물들였지만, 감사하다는 인사도 못 했다. 남편은 일주일 만에 깨어났지만, 정신이 들었다 나갔다 하기를 10여 일을 반복했다. 다친 부위의 이마가 벌어져 흉한 몰골이었지만 꿰매지 못하고 방치된 상태였다. 뇌출혈이 계속되고 있으니 일주일 정도 기다려 봐서 피가 멎고 나면 그냥 꿰맬 것이고 계속 출혈이 되면 수술해야 하니 지켜봐야 한다고 했다. 다행히 일주일 만에 뇌속에 피가 멎고 흉하게 벌어진 이마를 꿰맸지만, 이미 세포가 분리되어 흉한 자국이 남아버렸다. 원체 건강 체질이라 정상인의 6배의 모르핀을 투여받고 CT를 찍을 정도여서 회복되는 속도는 빨랐다.

53일 만에 태백의 장성병원에서 퇴원하고 춘천의 집으로 돌아왔다. 하루를 더 쉬고 난 다음 날 춘천 한림대병원에 가서 그간의 이야기를 하고 MRI 촬영을 시작했다. 모든 폭풍은 지나갔고 이제는 절대 아무 일도 일어나지 않을 거라고, 불안해지는 마음을 달랬다. 그런데 잠시 후 의사들의 주고받는 눈길과 알 수 없는 의학용어에는 긴장감이 묻어났다. 급하게 나를 부르더니 용지를 주며 다시 수납하고 오라면서 좀 더 정밀한 검사를 해야 한다며 다급하게 과장님을 호출했다. 불안한 예감은 적중했다. '뇌 동정맥 기형' 교통사고와는 관계없는 선천적인 질환으로 인구 200만 명당 1명꼴로 발견되는 희귀한 질환이라 했다. 사람의 뇌 속에 동맥과 정맥이 분리되어 있는 것이 정상인데 이 사람은 동맥과 정맥이 한데 붙어 있어서 언제든 터질 수 있고 터지면 사망이라 했다. 분리 수술만이 유일한 방법인데 문제는 아주 위험한 부위에 붙어 있어서 매우 힘든 수술이라 했다. 산 넘어 산이라는 게 딱 맞는 말이었다. 어쩌다가 내게 이런 불운이 겹쳤을까? 피할 수도 없고 도망칠 수도 없었다. 태백에서 퇴원해서 돌아올 때만 해도 이렇게 더 큰 일이 기다릴 줄은 상상조차 하지 못했다.

남편은 5개월 전에 회사를 그만둔 실직자여서 통장은 이미 바닥난 상태였다. 몇 달째 구직 활동을 하라며 독촉하던 참이라 당장 생계조차 위협받고 있었다. 교통사고가 났을 때 내가 가진 전 재산은 현금 6만8천 원이 전부였다. 어머니의 생일에도 못 갈 처지인 것을 갔다 와서 바로 취업한다며 달래기에 마지못해 응했던 친정 나들이였다. 아마도 자신의 실직을 알리고 싶지 않은 마지막 자존심이었을 것이다. 사고 직후에 병원 입원 당시 가해자의 자동차 보험이 없어서 병원 측에서 입원보증금 30만 원을 예치하라 했지만 낼 돈이 없었다. 하는 수 없이 남편의 실직을 알렸고 형제들이 조금씩 걷어서 입원보증금을 대납해주었다.

이제는 그나마 남아 있던 80만 원도 MRI 비용으로 모두 써버렸다. 막막했지만 우선순위를 따진다면 사람이 먼저였다. 앞뒤 가릴 것 없이 배짱 좋게 병원비 외에도 하루에 10만 원씩 추가료가 붙는 특진을 걸고 남편을 입원시켰다. 그리고 살던 집 전세를 빼고 사글세를 보러 다녔다. 남편은 2주 동안 입원해 있으면서 온갖 검사를 다했고 의사는 이런 환자가 지금까지 살아 있다는 게 참으로 놀라운 일이라 했다. 통상 젊은이들이 활발하게 신체 활동을 할 때 피의 펌프질이 빨라지고 뇌압이 상승돼 진작에 터졌을 텐데 참으로 신기하다며 이런 경우는 처음 본다고 말했다.

수술 날짜가 잡히고 시어머니가 나를 보자더니 "아비한테는 검사해보니 아무 이상 없다더라 속이고 그냥 퇴원시키면 안 되겠냐?" 하셨다. 왜냐는 내 질문에 이 병원에서 뇌수술하고 살아난 사람이 없다더라며 안 시키고 싶다 하셨다. 수술 하루 전날, 담당 의사가 불러서 진료실에 들어가니 지금이라도 수술을 안 하겠다 하면 그냥 퇴원시켜주겠다며 조심스레 말문을 열었다. 쓰러져서 들어온 사람은 괜찮은데 이렇게 자기 발로 멀쩡히 들어온 환자가 가장 어렵다며, 수술이 꼭 성공한다는 보장도 없고 아주 힘든 수술이라며 나를 회유했다. 피하고 싶다는 느낌도 들었다. 사람들은 흔히 성공률 몇 %를 이야기하지만 99%가 성공하고 1%가 잘못된다 해도 그 가족에게는 100%이니 수술 성공률이란 것은 의미가 없다. 혹시 수술하다 잘못되면 생사람을 죽인 것으로 몰려 가족들에게 많이 시달린다면서 자신의 고뇌를 털어놓았다. 나이를 먹을수록 피가 천천히 돌기 때문에 지금까지 생존한 것으로 보면 터지지 않고 계속 생존할 확률도 있다고 말했다. 몇 시간만 생각해보고 저녁에 다시 뵙겠다 하고 돌아서 나와 곰곰이 생각해보았다.

수술하지 않고 집으로 돌아간다면 내가 가장이 되어서 먹고살아야 하는 그것보다 더 두려운 건 날마다 마지막을 떠올리며 살아야 하는 앞으로의 시간과 언제 어디서 무엇을 하건 아슬아슬하게 그를 지켜봐야 하는 숨 막히는 긴장감들을 감당할 자신이 없었다. 30대 초반 최소한으로 계산해도 살아온 시간만큼 남아 있다면 그 긴 시간을 늘 평정을 유지한 채 티 나지 않게 나를 다스릴 자신이 없었다. 늦은 저녁 다시 찾은 담당의 진료실엔 적막만이 감돌았다. "수술해주세요. 언제 터질지 몰라서 조마조마하기보단 차라리 그냥 맞을래요."

다음 날 아침 7시부터 머리를 밀고 수술 전 절차를 밟은 후 8시에 수술실로 들어가는 그를 보았다. 저녁 6시 수술실 전광판의 모든 이름이 다 지워지고 혼자 남은 이름 하나, 간호사가 한 무더기의 혈액을 들고 다시 들어갔다. 밤 10시 머리서부터 발끝까지 마치

우주인의 무선 장치 같은 선들을 주렁주렁 달고 그는 실려 나왔다. 수술 막바지에 뇌혈관이 터지면서 위험한 고비도 있었지만, 다행히 수술은 잘 되었으니 안심하라고 했다.

2주 후에 수술 완성도를 확인하기 위한 혈관 조영술에서 완벽한 수술이라는 설명과 함께 뇌 속에 핀이 6개가 박힌 사진을 보여주면서 이 핀은 평생을 갈 거라 했다. 다시 45일 만에 퇴원을 하고 2년 동안 통원 치료 후 1997년에 정상 판정을 받고 나서 남편이 하는 말이 사고를 낸 사람이 고맙단다. 어쩌면 뇌 기형을 모르고 있다가 죽을 수도 있었는데 자기를 살려주려고 그런 일이 있었나 보다 하기에 모든 건 생각하기 나름이라더니 정말 그렇구나! 나쁜 일이 꼭 나쁜 것만은 아니고 그 나쁜 일이 이런 반전도 만들었구나! 웃음이 나왔다.

그 귀하디귀한 200만분의 일이 어쩌다가 나에게 당첨이 되었는지 모르겠지만 인생사 살아보니 나쁜 것이 꼭 나쁘기만 한 것도 아니고 좋다고 환호하던 일도 마냥 좋기만 한 것은 아니더라. 탁월한 선택이었다고 스스로 칭찬하다가도 내 속을 썩일 때는 욱하는 마음에 아드레날린이 마구 뿜어져 나온다. 남아 있는 시간을 아드레

날린의 과다 분비로 노화를 부추기지 말고 실실 웃으면서 도파민이나 세로토닌 같은 행복 물질을 생산하면서 '200만분의 1' 씨하고 아웅다웅 살다가, 소소하게 웃다가, "안녕, 잘 가"하면서 헤어져야지.

가압류
딱지

닭갈비 집을 계약했다. 보증금 천만 원에 권리금 천오백만 원, 모두 이천오백만 원이라는 거액이었다. 권리금이란 것이, 장사하는 집기 및 시설물의 값인데 아무리 봐도 그저 오육백만 원이나 들었을 것 같은데 꼭 그 두 곱을 불렀다. 자릿값이 다 그런 거라 하니 그런 줄 알았다.

가게는 살림방이 하나 딸려 있었고 테이블이 대략 12개 정도 갖춰진 아담한 규모였다. 하루 매상이 30만 원 정도라는 말을 순진하게 액면 그대로 믿었다. 먹는장사는 반이 남는다는 말이 있으니 못되어도 한 달이면 300만 원은 벌 수 있을 것 같았다. 전세를 빼고 친정어머니에게 오백만 원을 빌렸지만 아무리 긁어모아도 돈이 모자랐다. 시어머니에게 마을금고의 대출 보증을 부탁했지만 거절당했다. 그즈음 경찰 공무원이던 시동생이 평창에서 춘천으로 발령을 받으며 전세금이 없다고 딱한 소리를 했다. 그러자 시어머니가 나서서 자신이 전세금 대출 보증을 서주겠다 하였다. 내가 항의하자 시어머니는 "나라에서 공무원 봉급 떼어먹을 일은 없지만 장사

128

는 하다가 망할 수 있지 않겠느냐? 만약 그렇게 되면 나는 길거리로 나앉으란 말이냐?" 했다. 더는 할 말이 없었다.

하는 수 없이 돈이 모자라니 오백만 원을 3개월 만 벌어서 갚으면 안 되겠냐고 물었다. 그러자 나에게 가게를 파는 여자가 1초의 망설임도 없이 그러라고 했다. 작은 메모지에 자필로 "닭갈비 집 대금 오백만 원을 1996년 2월 30일까지 지급한다."라고 쓰고 1995년 11월 25일 개업을 했다. 나중에 준다는 것을 그렇게 쉽게 응할 때 의심해보아야 하는 것을 바보처럼 좋게만 생각했다. 개업하고 아는 사람들이 다녀가느라 며칠을 정신없이 보냈다.

며칠 후 다른 집들이 아무리 북적여도 '홍보네 닭갈비'는 고요했다. 아는 사람이 한 번씩 의무적으로 왔다 가는 이벤트는 끝이 나고 이제는 진짜 손님이 와야 하는데 하루 30만 원씩 매상을 올렸다면서 이게 대체 어떻게 된 걸까? 아무래도 이상했다. 주인이 바뀌었다 해도 들어왔다가 다시 나갈망정 손님이 있어야 할 텐데 뭔가 잘못됐다는 생각이 들었다. 온종일 혼자 앉아 있다가 밤이 되면 힘없이 셔터를 내리는 날이 며칠 이어지던 중 골목에 사람들 발걸음이 뚝 끊겼다. 답답한 마음에 이 현상을 가장 친절하게 설명해줄 것 같은 '삼태기 닭갈비'에 가서 물어보았다.

아줌마가 피식 웃으며 "사기당한 거야." 했다. "엥, 사기요?" 하니 "얼마나 줬느냐?" 물었다. 그간의 일을 얘기하니 한숨을 푹 쉬면서 "남 일 같지 않아서 언제부터 신경이 쓰이더라만," 하며 "아저씨가 교통사고 크게 나고 뇌수술도 했다며?" 하고 물었다. "그 가게가 원래 장사가 잘되던 집이었는데 주인 여자가 여기저기 돈을 빌려서 종적을 감췄어. 사채도 엄청나게 빌려 쓰고 마을금고에 대출도 삼천만 원을 받았는데 올케를 보증 세워놓고 도망갔대. 그래서 그 올케가 가게를 팔아서 돈을 빼려고 문을 열어놓은 지 두 달도 안 됐는데." 하길래 "3년을 넘게 했다고 하던데요." 하자 "그러니까 사기지." 했다. 그럼 갑자기 학생들은 왜 뚝 끊겼냐? 물으니 학교가 방학하면 우리도 방학이라며 웃었다. 터덜터덜 패잔병처럼 집으로 돌아왔다.

그다음 날 화물차 한 대가 서더니 나에게 가게를 팔은 우명수가 차에서 내려 들어왔다. "무슨 일이냐?" 묻는 나에게 활짝 웃으며 가정용 냉장고 두 개와 가져갈 집기가 있어서 왔노라 말했다. 아이가 없어서 그게 무슨 말 따위도 안 되는 소리냐? 권리금 천오백에 다 포함된 것이라며, 돈을 받아놓고 이제 와 가져간다는 것이 말이 되냐고 소릴 질렀다. 그러자 들고 있던 계약서를 팔랑팔랑 흔들며 여기에 영업용 집기 일체라고 분명히 쓰여 있고 가정용 냉장고는 거기에 포함되지 않는다며 웃었다. 가정용 냉장고는 자기가 집에서 살림하던 것이라며 가져가야겠다 우기고 나는 못 준다며 대치 상태가 벌어졌지만 끝내 빼앗겼다.

2월이 되고 한림대가 개강하자 신입생 환영회다, 과별 개강 파티다, 학생들로 골목이 북적이면서 봄이 왔다. 손님이 들어오면 진심을 모아 최선을 다했다. 학생 손님이 조금씩 늘기 시작했고 온종일 혼자 하는 주방일은 끝날 줄 몰랐다. 두 달을 사람 구경 못 한 터라 더는 버틸 수가 없는 때에 구세주 같은 손님들이었다. 3월이 지나고 겨우 숨통이 트이던 5월의 어느 날, 법원에서 왔다며 들이닥치더니 닭갈비 테이블과 허접한 방안의 가재도구까지 온통 천지에 빨간딱지를 붙여놓았다. 잔금 오백만 원을 주지 않은 것에 대한 압류였다.

3년을 넘게 장사했고 하루에 30만 원이 넘는 매상이었다기에 주려던 권리금이었다. 현재 닭갈비 집에 있는 집기를 새로 한다고 해도 오백만 원이면 충분한데 그만큼을 주겠다고 한 것은, 3년을 넘

게 운영했다는 말을 그대로 믿고 퇴직금으로 인정해서 주려던 돈
이었다. 3년 동안 단골을 늘려놓고 매상이 그 정도 되었다면 당연
히 인정해줘야 하는 노력의 결과지만 모두 거짓말이었다. "권리금
을 받을 때 이곳에 있는 집기 일체라고 한 말을 계약 당시 함께 들은
친구도 있었지만, 돈을 받은 후에 가정용은 제외라며 보름 만에 가
정용 냉장고 2대를 가져갔다. 계획적이고 교묘하게 모든 걸 속였으니
돈을 줄 수 없다." 이런 내용을 자세히 써서 답변서를 제출했다.

법원에서 출두 명령서가 왔다. 가게를 계약할 때 그 자리에 있었
던 친구에게 보고 들은 대로 증언해달라고 부탁하고 그 친구를 대
동하고 법원으로 갔다. 재판관 앞에 서서 이야기하는 중에 증인을
나오라 하자 친구가 앞으로 불려 나갔다. 검은 판사복을 입은 근엄
한 표정의 판사 앞에 불려 나가 잔뜩 움츠린 모양새로 "양심에 따
라 숨김과 보탬이 없이…" 선서를 하는 친구의 올려진 오른손이 덜
덜 떨리고 있었다. 걱정스러워 쳐다보니 떨리는 목소리에 얼굴까지
하얗게 질려 있었다. 판사가 몇 마디 묻더니 오늘은 이것으로 마치
겠다며 방망이를 때렸다. 이렇게 빨리 끝난다니 이상했다.

잠시 후 판사가 원고와 피고 모두 자기를 따라 들어오라면서 사

무실로 불러들였다. 말문을 열더니 "답변서의 내용은 모두 이해된다. 그러나 돈을 지급하겠다는 본인의 자필 서명은 법률적으로 충분한 증거가 된다. 법은 증거 재판주의다. 법을 집행하면서 법으로 구제할 수 없는 이런 경우 참으로 안타깝다."라고 말을 마친 다음 양쪽의 입장을 모두 고려해 합의를 제안할 테니 응하겠느냐 물었다. 말씀하시라 했더니 "원고는 한발 양보해서 350만 원만 받아라. 피고는 억울하겠지만 350만 원을 갚아라. 응하겠느냐?" 묻기에 "언제까지 주면 되냐? 지금은 돈이 없다." 하니 "6개월을 줄 테니 갚을 수 있겠느냐?" 하길래 그렇게 하겠다고 하자 그러면 이 소송은 취하되었으니 돌아가라 하였다.

친구를 데리고 나오면서 "거짓말을 하란 것도 아닌데 뭘 그렇게 떠냐?" 하니 자기도 모르겠다면서 재판이라 하니 왜 그런지 온몸이 떨리더란다. 어깨를 툭 치며 "이 사람아, 겨우 삼백오십이야! 남아 있는 시간이 얼마나 많은데 설마 삼백오십을 못 벌겠냐?" 하며 하하하 웃으니 역시 "넌 장군감이다." 하길래 함께 웃었다. 억세게 더운 날 골목 입구에 있던 통닭집에 들어가 시원한 생맥주 한 잔을 꼴꼴꼴 소리까지 내가며 단참에 들이켰다. "그래 내가 장군이지. 내가 장군이야. 암, 장군은…, 절대 죽지 않아."

흥보네
닭갈비

춘천 맛집을 검색하면 80%는 닭갈비 집이다. 춘천의 맛을 말하라 하면 단연 닭갈비와 막국수일 것이다. 비슷한 것 같지만 조금씩 다른 그 집만의 특징적인 맛이 있다. 불판에서 양념과 섞이는 걸 눈으로 즐기다 보면, 지글지글 볶아지는 소리를 따라 냄새가 올라온다. 소리가 점점 맛있어지고 절정을 이룰 때 눈과 코와 귀가 일제히 열리면서 벌름댄다. 듣기 좋은 소리가 고막을 때릴 때 얼른 한 점 입에 넣으면 아웅~ 씹는 순간 이미 넘어간다.

닭갈비를 먹고 나면 아무리 배가 불러도 꼭 먹게 되는 볶음밥이 기다리고 있다. 밥과 사리를 함께 볶아도 맛있고 밥으로만 볶아서 살짝 눌려서 볶음밥 누룽지를 만들어 먹어도 그 맛이 기가 막힌다. 이 대목에서 주인장의 배려가 꼭 필요하다. 밥이 맛있게 볶아지면 주걱으로 얇게 펴서 철판에 꾹꾹 눌러준다. 밥이 눌으면 닭갈비 판을 긁는 기구로 밀면서 적당한 크기로 둥글게 말아준다. 불과 연장을 잘 다루어주어야 누룽지가 잘 만들어진다. 누룽지를 하나씩 배급받을 때 사람들의 입은 함지박만큼 벌어진다.

닭갈비는 남녀노소 모두 좋아해서 호불호가 별로 없는 음식이다. 어른과 아이가 함께 모인 대가족이 외식하기 위해 메뉴를 고를 때는 회 종류나 생선찜 등의 메뉴는 선택할 수 없다. 닭갈비는 가장 무난하고 맛있는 메뉴이면서 많은 인원이 동그랗게 둘러앉아 먹는 재미도 있다. 어른들끼리라면 숯불 닭갈비도 괜찮다. 볶아 먹을 때와 달리 육질의 쫄깃함과 양념에 얹힌 숯불 향의 풍미가 맛을 한층 고급스럽게 끌어 올려준다.

1995년도에 남편의 뇌수술 후 내가 처음 차린 식당이 닭갈비 집이었다. 수술 후 2년을 통원 치료해야만 하는 상태라서 한림대병원에서 가장 가까운 곳을 택했다. 남편이 혼자 걸어서 다닐 수 있는 병원 근처를 찾다 보니 한림대 부근의 세경아파트와 현대아파트가 있는 맞은편 먹자골목이 가장 적절했다. 장사 경험이 없으니 유동인구나 주변 상권을 고려하지 않고 주먹구구식으로 혼자 결정을 내렸다. 양조간장을 베이스로 깔고 마늘, 양파, 사과를 갈아 넣고 평소에 내가 알고 있던 것을 모두 추가해 양념을 만들었다. 닭갈비를 만들어 시식회를 열고 평을 들어보았다.

특별히 맛있는 것도, 아주 맛이 없는 것도 아니고 그냥 그랬다. 곰곰이 생각하다가 사 먹으러 가서 맛있었던 집의 기억을 모조리 떠올려 이것저것 첨가해보다가 카레 가루 생각이 났다. 카레 향이 닭 비린내도 잡아주고 괜찮았다. OK. 이제 나만의 요리법을 완성했다. 두 둥~ 1995년 11월 25일 대망의 개업일이었다. 상호를 무엇으로 정할까? 고민하다가 당시에 육각수란 남성 그룹의 <홍보가 기가 막혀>란 노래가 공전의 히트를 기록하고 있었다. 대학가이고 해서 넉넉함의 이미지로 '홍보네 닭갈비'라 이름 지었다. 개업 첫날, 지인들이 다녀가고 며칠을 힘에 부친 탓에 피로가 몰려왔다. 설거지를 마치고 집으로 돌아가 곯아떨어져서 정신없이 잤다.

다음 날 가게를 들어서 주방으로 가는데 헉, 팔다 남은 닭갈비를 통째 주방 바닥에 그냥 두었던 것이었다. 서둘러 냄새를 맡았더니 괜찮은 것 같았다. "흠, 다행히 11월의 추운 날씨가 도움이 됐군." 하며 얼른 냉장고에 넣었다. 사실은 비염이 있어서 냄새를 잘 못 맡을 때도 있었다. 그날 늦은 저녁 올케의 친구라며 팔호광장 근처에 사는데 일부러 왔다는 가족 손님이 왔다. 주문한 닭갈비를 볶아주고 한참을 먹다가 "닭갈비가 맛이 좀 특이하네요." 하길래 "아 그래요? 호홋 제가 약간 특별하게 양념을 하거든요."라며 으스대며 말했다. 손님은 고개를 갸웃하며 웃더니 더는 말이 없었다.

손님이 돌아가고 상을 치우다가 느낌이 이상했다. "왜 음식을 남겼지?" 하며 한 점 맛을 보는데 맛이 묘했다. 그 순간 머리가 쭈뼛 서는 느낌이었다. 문을 열고 밖으로 뛰어나가니 한참 전 가게를 나간 사람들이 있을 리가 없다. 어쩌면 좋단 말인가? 그리고 보니 담을 때 색깔이 어제와는 다른 듯했었다. 다리가 확 풀리면서 바닥에 털썩 주저앉았다. 청소를 마치고 나서도 집으로 돌아갈 수가 없어서 꿍꿍대다가 새벽이 다 되어서 어쩔 수 없이 집으로 돌아왔다. 설핏 잠이 들었는데 경찰이 수갑을 들고 나를 잡으러 왔다며 집으로 들이닥쳤다. 울면서 몸부림을 치다 깨어보니 꿈이었다.

다음 날 가게를 들어가기가 너무나 무서웠다. 도살장에 끌려가는 심정으로 가게 문을 열었다. 전화벨이 울릴 때마다 심장이 벌렁거리고 다리에 힘이 풀렸지만, 그날도 또 그다음 날도 아무런 연락이 오지 않았다. 그때를 생각하면 지금도 가슴이 떨리고 그 사나운 꿈이 아직도 어제 일인 양 눈에 선하다. 많은 시행착오를 겪으며 힘들게 공들인 덕에 닭갈비는 내가 만든 게 최고로 맛있다고 식구

들은 말한다. 고모 닭갈비가 최고라는 조카도 있으니 만약 지금까
지 닭갈비 집을 했다면 나도 춘천의 맛집 반열에 올랐을까? 생각
하면서 오늘은 어디로 춘천의 맛을 보러 갈까? 생각 중이다. 닭갈
비는 나와 우리 모든 가족이 좋아하는 음식 1호이다.

빚잔치

얼마 전 국민행복기금에 관한 아침 뉴스가 나오는 걸 보았다. 함께 있던 딸이 나를 흘끗 보면서 "엄마도 은행에 빚 있잖아요?" 하길래 "있지. 그런데 엄마는 해당 사항이 없단다." 하니 "왜요?" 묻길래 "엄마는 이자를 꼬박꼬박 냈거든. 6개월 이상 연체된 악성 채무자만 구제한다잖아." 대답했더니 "아깝다." 한다. 얼른 딸을 쳐다보며 "너 행여라도 이런 기억으로 해이하게 살다가 빚을 지면 혹시 누군가 갚아줄 거라 생각하면 절대 안 된다. 열심히 최선을 다해서 살아야 해 알았지!" 아이를 상대로 다짐하고 나니 입맛이 씁쓸했다.

작년에 지금의 가게를 개점하면서 집을 담보로 대출을 받았는데 한 달에 200여만 원 겨우 남기면서도 이자는 꼬박꼬박 냈고, 사업자 등록증으로 인해 나 혼자 내는 의료 보험료가 20만 원 돈이다. 땅이 있고 집이 있어서란다. 결국 장사 한답시고 일하는 탓에 융자금 이자와 의료 보험료만 40만 원이 넘게 지출이 되고 있다.

후유… 한숨이 나왔다. 예부터 가난 구제는 나라도 못 한다는데 이 나라는 어떻게 된 것인지 빚더미 나라가 개인의 가난 구제까지 하겠다고 나섰다. 일하기 싫어하는 사람들이 널렸는데 이런 무모한 빚 탕감이 젊은 세대들에게 해이한 마음을 심어줄까 염려된다.

TV 화면에 신청 첫날의 현장 모습이 방송되고 있었다. 딸이 취업하면서 돈이 필요하다고 해서 대출을 받았다가 이렇게 되었다고 울면서 이야기하는 읍소형의 아줌마도 있었고, 이유는 무슨 이유 빨리 처리나 하라는 완전 내 돈 내놔 형까지 다양한 사람들로 현장은 그야말로 북새통이었다. 그걸 지켜보면서 박근혜 정부의 잘못된 선거 공약에 나는 화가 났다. 이렇게 되면 현 정부가 끝날 무렵 차기 대선의 후보들은 죄다 빚 갚아준다는 공약을 할 터인데 나라가 어디로 가고 있는 건지 걱정된다.

나는 강원도 태백 출신이다. 내가 어렸을 때 태백은 우리나라 최대의 광산 지역인 만큼 전국의 다양한 사람들이 몰려 살았다. 당시엔 월급이 모두 현금으로 지급되었는데 제대로 월급을 타는 사람들은 절반이 조금 넘었다. 모두 똑같은 일을 하고, 같은 월급인데 왜 그런 것일까? 개인의 성향이었다. 일을 제대로 하지 않는 것이 그 첫째이고 둘째는 수입은 생각지 않고 마구 저질러댄 외상값과 술값 등이 이미 청구되었거나 수금원이 와 있는 탓이었다. 평생을 땅속에서 연탄 가루와 싸워가며 땀 흘려 일하고 퇴직하면 어떤 이는 퇴직금을 받아서 고향에 땅을 사서 금의환향한다.

반면 어떤 사람은 퇴직금을 타면 받겠다고 빚쟁이가 먼저 와 기다리고 있었다. 빚쟁이를 피하려고 택시를 전세해 기다리게 해놓고 도망가다가 추격전이 벌어지는가 하면, 가짜 약봉지를 들고 나오면서 이거 먹고 죽을 테니 너희가 알아서 나눠가라는 협박이 벌어지기도 했다. 밀가루로 만든 가짜 약을 먹고 거품을 물고 쓰러지면 그사이 가족이 돈 보따리를 빼돌렸다. 그 연기가 너무 어설퍼 들키는 바람에 오히려 더 곤란해지기도 했었다. 아주 심한 경우 돈 보따리를 놓고 무시무시한 활극이 벌어지기도 했다.

지금도 마찬가지다. 정말로 열심히 살아온 사람들은 어떠한 경우도 그렇게 되지 않는다. 70%를 탕감해주고 30%만 남겨서 개인의 회생을 도와준다고 한다. 그렇게 해주면 회생할 거라고 과연 누가 장담할 수 있을까? 지금까지 해온 자신의 습관을 모두 버리고 다른 사람이 된다는 것은 죽었다가 다시 태어난다는 것과 같다. 사람은 고쳐 쓰는 게 아니란 말은 진리다. 자신의 수입을 뻔히 알면서 그 이상을 지출한 사람은 불가항력의 질병이나 사고가 아니라면 이미 타당하지 않은 이유이다. 일하기 싫어하는 경우도 마찬가지다. 누구는 열심히 일하면서 납세의 의무를 지는데 누구는 일하지 않고 그 세금을 함께 나누어 먹는 구조는 옳지 않다. 열심히 일하는 사람들에게 낭패감만 안겨줄 뿐이다.

나는 1995년도에 돌이 갓 지난 어린 딸과 뇌수술을 한 남편을 데리고 가진 재산이라곤 임대 아파트 보증금 1,500만 원이 전부였던 어려운 시기가 있었다. 우리 시어머니께서 임대 보증금을 빼서 보증금 200만 원에 월세 20만 원짜리 사글세로 이사를 하라고 하셨다. 쌀을 두 가마니 사놓고 김장을 두 단지 정도 해서 일단 겨울을 지내고 남은 돈으로 2년을 통원 치료하면서 기다리라 했다. 2년 후엔 아범이 일할 수 있다니까 그렇게 하라며 종용했다. 나는 반박했다. 이미 병원비로 상당한 돈을 지출했고 남은 돈은 2년을 버틸 만한 금액이 안 된다고, 2년 동안의 치료비는 누가 대어줄 거냐고 물었다.

반대하는 시어머니의 말을 뒤로하고 뛰쳐나가 식당을 차렸고 이제 막 걸음마를 시작한 아이를 데리고 열심히 일했다. 시어머니의 말대로 그렇게 죽치고 앉아 있었다면 나도 어느 TV 프로에 화면 가득 모자이크 처리를 하고 울면서 도와달라 말했을지도 모르겠다. 당시엔 경기가 호황이라 어디든 당일 취업이 가능했지만, 남편은 무슨 생각인지 취업을 안 하고 버텼다. 그렇게나 애를 태우더니 사고로 뇌를 크게 다쳐 일주일을 혼수상태로 있었다. 그 후 며칠을 정신이 들어왔다 나갔다를 반복하더니 보름 만에 정신이 완전히 돌아왔다. 53일 만에 퇴원했지만 3일 만에 다시 입원했다. 이후 교통사고와 상관없는 뇌 동정맥 기형으로 뇌에 칩을 6개나 심는 대수술을 했다. 43일 만에 퇴원하고 통원 치료 2년 만에 정상 판정을 받았다. 겨우 일을 다시 시작했지만 13년 만에 고속도로에서 졸음운전을 하던 25톤의 차가 뒤에서 남편의 차를 들이박았다. 운전석까지 밀고 들어와 머릿속에 심어진 칩이 흔들렸다.

13년 만에 다시 다친 부위가 하필 수술한 부위였다. 처음 뇌수술 후 2년을 통원 치료하면서 서서히 회복되었고 정상 판정을 받아 겨우 시작했던 일이었는데 그 부분에 다시 장애가 왔다. 기억력 장애까지 겹쳐졌고 의사는 장애가 남을 거라고 말했다. 그 힘든 시간을 겪어내며 나는 열심히 일했다. 하루에 13~14시간을, 쉬는 날도 없이

365일을 그 누구에게도 의지하지 않고 악착같이 일했다. 식당에 손님이 많을 때면 어린 딸은 씻지도 못한 채 졸린 눈을 비비면서 손님이 앉다가 밀쳐둔 방석을 고사리 같은 손으로 차곡차곡 폈다. 그러곤 그 위에 아무렇게나 잠들어 있었다. 자정이 다 되어 잠든 아이를 둘러업고 집으로 돌아와 아이를 깨워 양치를 시키고 씻겨줄 때면 애처로울 정도로 칭얼대며 울었다. 그걸 볼 때 마음이 아프고 괴로워 힘들었지만 그때 나의 선택은 최선이었다.

국민행복기금을 받은 사람들은 내 말에 반박할지도 모르겠지만 수년 후에 과연 어떤 결과가 나올지 두고 볼 일이다. 부디 이런 나의 기우가 빗나가서 그들이 모두 자립에 성공하고 스스로 생활 방식을 바꾸어서 열심히 일하고 성실히 납세하는 사람들이 되었으면 좋겠다. 함께 일하고 함께 성장하며 자기 삶의 가치를 높이는 우리 모두의 일원이 되어 있기를 진정 소망한다. '국민행복기금'이란 글자처럼 그들의 행복한 미래를 담보하고 모두 함께 행복해지기를 기원한다.

피를
말리다

화물차를 운전하던 남편이 졸음운전을 하던 뒤차에 받혀 병원에 입원한 지 두 달 째, 처음엔 의사도 별일 아니라고 그저 살짝 출혈이 잡혔는데 금방 괜찮아질 거라고 해서 우리도 정말 별거 아니라고 생각했다. 그저 얼마간 입원하고 안정하면 괜찮겠지 했다. 그래도 화물차를 세워둘 수가 없어서 한 달짜리 기사를 고용했다.

하루가 다르게 유가는 상승하고 도저히 채산성이 안 맞아 생돈을 보태어 기사 월급을 주고 나니 허무했다. 한 달 만에 CT 촬영 결과 아직 출혈이 남았으니 병원에 더 있으란다. 기사분에게 사정을 설명하고 한 달만 더하시라고 했다. 남는 게 없다는 걸 뻔히 알면서도 아직 계약 기간이 남은 상황이었다. 우리가 받던 임금의 두 배가 넘는 위약금을 물어주는 것보다는 낫다 싶었다. 본시 대형 화물차란 게 기사를 두면 남는 게 없다. 남편은 주행 속도를 시속 80~100km 이상을 넘기지 않았다. 기름이 쏟아지듯 들어가니까. 게다가 고속도로와 국도를 반씩 나누어 탔다. 조금이라도 이문을 남기려면 불편을 감수해야 했으니까. 그런데 기사를 두니 이 사람은 고속도로만 타고 마구 질주를 해서 달리니 경비가 30%는 더 들어갔다.

뇌수술 후 13년 만에 다시 일어난 사고였다. 오창휴게소를 가기 전쯤에서 5톤 화물차인 우리 차를 25톤의 대형차가 졸음운전으로 뒤에서 들이받았다고 했다. 남편은 5톤 화물차로 택배 노선을 운행하는 일을 했었다. 대형차의 힘으로 운전석이 앞으로 밀리면서 머리 뒤에 심어진 6개의 클립이 흔들렸다. 그런 차를 옥천의 화물 차고지까지 끌고 갔다고 했다. 다시 춘천으로 돌아오려니 차가 말을 안 들어서 공업사에 맡기고 다른 사람 차를 타고 왔다 했다. 집으로 돌아오다가 승용차로 아파트 입구의 차단기를 들이받았다고 경비실에서 연락이 왔는데 아무래도 이상했다. 밥을 차려주니 숟가락질하는데 헛손질을 자꾸 했다.

부랴부랴 병원으로 가서 검사하니 예상대로 뇌에 출혈이 있는 상태였다. 그길로 남편은 입원하였고 두 달 반째 머릿속 피를 말리고 있다. 생각하면 머리끝이 쭈뼛했다. "만일 그 차로 운행 중에 사고가 생겼으면 그때부턴 모든 것이 우리 책임이 되는 것은 생각을 안 해봤냐?" 하니 남편은 그제야 미안하단다. 뒤따라오던 노선 기사분이 형님 뒤를 따라가면서 아슬아슬했었다며 자꾸 오른쪽으로 기우는 운전을 해서 이상하다고 생각했단다. "왜 그랬냐?" 물으니 차에 실린 것을 갑자기 어떻게 해야 할지 막막하더란다. 매우 합법적인 이유가 있는 것조차, 그렇게 미련하게 처신을 하는 것이 답답했지만, 그런 요령 없는 태도에 성실하다 인정한 것은 바로 나였으니 할 말은 없었다.

두 달 반 만에 CT를 다시 찍었다. 의사 선생님이 뇌가 많이 안정됐으니 이젠 퇴원해도 되겠단다. 쌀을 주며 통에 쏟아보라 했더니 바닥에 질질 흘렸다. 온 가족이 함께 갔던 휴가지도 기억하지 못했다. 담당 의사에게 면담을 요청해서 있었던 일을 말씀드리고 의논했다. 퇴원해도 될 정도란 건, 그건 CT상일 뿐 그런 증세는 6개월에서 12개월까지 나타날 수도 있고 아주 오래오래 갈 수도 있다고 했다. 답답했다. 하지만 CT상으론 안정됐다면서 사람의 뇌를 인간이 아는 건 한계가 있다는 말을 덧붙였다. 허참! 하지만 지금까지 했던 장거리 운전은 최소 6개월이나 1년 후에 재개하란다. 다시 허헛, 그것참 때맞춰 남편과 계약했던 회사에서 연락이 왔다.

다른 회사에서 현재의 회사를 인수했는데 두 개 회사가 합병하는 과정에서 남편이 하던 5톤 차는 모두 없애고 11톤으로 통합 운영을 할 방침이라며 차를 11톤으로 바꾸라 했다. "그럼 계약액은 얼마냐?" 했더니 턱도 없는 액수를 제시했다. 우리가 받던 월급이 3년 동안 한 번도 안 올랐다며 못 하겠다 거절하고 화물차를 팔았다. 비싼 유가에 내놓은 차들이 많다 보니 2,500만 원에 산 차가 900만 원에 팔렸다. 울고 싶었다. 남편이 차주인지라 병원에 얘기하고 외출 절차를 밟아 데리고 나와 남편이 보는 앞에서 계약서에 도장 찍고 돈을 받고 차 키를 넘겨주었다. 방금 전 일이건만 돌아오면서 남편은 또 딴소리를 했다. "아까 950 받았잖아." "어이구 속 터져. 또 헛소리야. 900이라고 몇 번을 말해?" 하다가 결국 차를 세워놓고 계약서를 확인시켜줬다.

"응. 맞구나. 이상하다. 분명 950이었는데." 아주 염장을 질렀다. 때맞춰 휴대 전화가 울렸다. 보험회사 직원이었다. "사모님, 지금 의사 선생님하고 면담했는데요. 아저씨 CT 결과 뇌가 많이 안정됐으니 퇴원해도 된답니다. 이제 퇴원해서 통원 치료하시죠?" 했다. "김 대리님! 내가요. 지금 두 달 동안 생돈 까먹고 결국 차는 헐값에 팔고 여러 가지로 안 좋아서 아무 얘기도 하고 싶지 않아요. 답에 하시죠." 전화를 끊고 혼자 허허롭게 웃었다. 울고 싶은데 아주 양쪽에서 따귀 한번 제대로 때리네. 에~잉 어쩌라고?

병실로 돌아가니 중학생 딸이 학교를 파하고 와 있었다. 그제야 오늘이 토요일이란 것이 생각났다. 한참을 앉아 있던 딸이 "아빠, 왜 여기 있어? 빨리 집에 가자." 했다. 아마도 외상 하나 없이 앉아 있으니 멀쩡해 보였나 보다. 내가 웃으면서 "아빠 건드리지 마! 아빠 지금 피 마르는 중이야." 했더니 남편이 날 쳐다보면서 막 웃었다. 그 상황이 이상한지 딸이 "웃기지도 않는데 왜 웃어? 씨!" 하길래 "응. 그게 아빠 충돌할 때 머리를 부딪히면서 속에 피가 좀 흘렀어. 그래서 이 링거를 맞으며 머릿속에 피를 말리고 있다는 얘기야. 그래서 아빤 지금 피가 마르지." 했더니 "아, 그게 그 소리야? 흐흐흐 웃기긴 웃기네." 하더니 깔깔댔다.

"그래서 옛날 어른들이 피가 마른다 했구먼." 하고 덧붙였더니 병실에 있던 아저씨들이 허허허 웃었다. "드라이기 갖다가 불어주면 빨리 마를까나?" 중얼거렸더니 남편은 킬킬대며 "선풍기를 갖고 와." 하는 것이었다. "에이, 박 터지고 속 터지는데도 웃을 수 있으니 좋다. 울어서 해결 안 되면 웃어야지. 웃으면 복이 온다는데 복이 오는 그날까지 웃자. 웃어." 한참 설레발을 치고 있는데 갑자기 "링거를 빼줘야 나갈 텐데." 하는 것이었다. "왜? 금방 나갔다 왔는데 또 어디 가게?" 물었더니 로또 사러 가야 하는데 잊어버렸단다. "사람이 양심이 있어야지 어떻게 평생에 로또가 두 번씩 되길 바라냐?" 했더니 나를 멀뚱히 쳐다봤다. 그러다가 "그렇지!" 하며 엄지로 나를 가르치며 "여기 로또 한 번이면 됐지." 하며 깔깔대자 옆에 아저씨가 "그건 그래요." 하며 맞장구를 치니 앞에 아저씨는 "맞아~ 맞아." 했다. 한 사람에게 로또가 절대로 두 번은 안 되지 암! 안 되고말고.

사고 처리는
이렇게

"엄마 나 좀 병원에 데려다주세요." 며칠째 몸이 안 좋은 딸의 전화를 받고 부스스 잠에서 깨어난 게 오전 11시. 장맛비에 학교 앞은 정체가 심해 주차장이나 다를 바 없었다. 딸아이를 태워 집으로 돌아와 밥을 먹고 후다닥 준비해서 3시까지 진료를 한다는 병원으로 차를 몰고 가는데 기운이 하나도 없다.

어젯밤 너무 기운을 뺀 것이다. 계속해서 시비조로 소릴 질러대던 남자 손님과 어이없는 일로 말꼬리를 잡고 늘어져서 끝내 나를 울게 한 여자 손님 탓이었다. 춘천중학교 담벼락을 끼고 도는 우회전 길에서 20년의 베스트 드라이버인 내가 앞차를 들이받았다. 쿵. 이거 정말 내가 박은 걸까? 그것도 뒤에서? 구터미널 쪽에서 중앙로로 달려오는 직진 차선으로 내 차가 끼어들기 위해 브레이크를 밟으며 천천히 우회전하고 있었다. 겨우 시속 20km의 속도에서 앞차를 내가 뒤에서 박아버린 거다. 잠깐 딴생각이 머릿속을 오락가락하면서 방심한 탓이다.

앞차의 아저씨가 목을 손으로 감싸는 행동을 취하며 차에서 내린다. 뒤에서 박았으니 100% 나의 과실이다. "괜찮으시냐?" 물어보고 차를 살펴보니 그 차나 내차나 흠집 하나 없이 말짱했는데 딱 한 군데, 뒤 범퍼가 손톱 크기만큼 아주 살짝 긁혀 있었다. 문질러 닦으면 없어질 것 같은 그곳을 손으로 만지며 "이거 원래 도색하셨던 거네요?" 하고 내가 묻자 기분 나쁘다는 투로 "어쨌든 지금 긁힌 건 맞잖아요?" 한다. "네. 맞습니다. 제가 지금 아이가 아파 병원에 가는 길인데요. 어떻게 해드릴까요? 일단 연락처를 드릴 테니 적어 가시고 저한테 통보해주세요." 하고 서둘러 병원으로 갔다.

아이는 링거와 항생제를 맞고 누워 있는데. 내 머릿속은 좀 전의 사고를 그분이 어떻게 처리할까 하는 생각들로 둥둥 떠다닌다. 사실 20년 동안 크고 작은 사고가 몇 번 있었지만 내가 피해자일 땐 늘 내 쪽에서 손해를 봤다. 작년만 해도 후진하던 차를 내 눈으로 쳐다보면서 두 번을 당했다. 한번은 영업용 택시라 후진을 해와도 전문 운전사이니 어느 정도의 거리에서 멈춰 설 줄 알았는데 그대로 내 차를 박아버려서 앞의 범퍼가 완파되었다. 차에서 내린 아저씨가 내가 여자인 걸 확인하더니 오히려 내가 차에 불을 안 켜서 안 보였단다. "아저씨, 지금 불 켜져 있는 거 안 보이세요? 그렇게 억

152

지를 쓰시면 안 되지요. 혼잡한 거리이니 일단 빼세요." 하고 나서 그 아저씨의 전번과 회사명만 적고 보내드렸다.

다음 날 응당 연락이 올 줄 알았는데 안 온다. 전화해서 "어떻게 하실래요?" 물었더니 보험 처리를 하면 회사에서 불이익을 당하니 한 번만 봐달란다. 그래서 "새 차도 아니고 10년이 넘은 차이니 그럼 아저씨도 나도 손해를 보지 않도록 중고 부품으로 고칠 테니 수리비만 주세요." 했더니 얼른 그러자 한다. 그래놓곤 전화하면 '오늘은 놀아서. 내일은 돈이 안 돼서' 그렇게 일주일을 하루만 또 이틀만 하며 요리조리 핑계를 댄다. 며칠째 전화하자 마치 빚쟁이 대하듯 반말로 하대를 하면서 막 보기로 나간다. 어디다 대고 반말지거리냐 했더니 내가 오십이 넘었다나. 나도 오십이라고 아저씨가 그런 식으로 하면 사고 접수하고 병원에 가서 입원해버릴 거라고, 내가 방법을 몰라서 가만히 있는 게 아니라고, 고성이 오가고 나서야 겨우 수리비를 지불받았다.

그리고 몇 달 후 집에서 나오는데 퇴근 시간대라 아파트 주차장 입구가 혼잡했다. 양쪽의 차들을 피해 서행을 하는데 갑자기 맞은편 앞차가 막히는 게 답답했는지 방향을 틀더니 후진으로 내 차

153

를 쾅 들이받았다. 어이가 없어서 "누군 갈 줄 몰라서 안 간 줄 아냐고? 어쩔 거냐?"고 묻는 내게 당돌하게도 "우리 서로 각자의 보험으로 처리하죠." 한다. 어이가 없어서 "각자의 보험으로?" 했더니, "서로 쌍방이잖아요." 한다. "이봐요. 아가씨. 후진하다 부딪힌 걸 누가 쌍방이라 그래요? 그건 아가씨의 일방이에요." 했더니 말도 안 된다며 펄펄 뛴다.

"흥분하지 말고 보험사에 연락해봐요. 그리고 아가씨 운전한 지 몇 년 됐어요?" 했더니 "3년 넘었어요." 하길래 "아가씨. 나는 20년째야. 내가 아가씨만큼 할 줄 몰라서 가만히 서 있었던 게 아녜요. 그리고 사고가 나면 무조건 큰소리부터 치고 보라는 몹시 나쁜 걸 먼저 배운 거 같은데 그럼 안 돼요." 하자 얼른 보험사에 전화를 걸어 확인해보더니, 그제야 미안하단다. 그래도 막돼먹은 처녀는 아니었는지 다음 날, 어제는 죄송했다고 이상이 있으시면 언제든 연락하시라는 문자가 왔다.

2005년 여름으로 거슬러 올라가면 더 황당했던 사건도 있다. 무지하게 더운 여름날, 중앙로 농협 주차장에 주차하고 은행 볼일을 보고 시장을 한 바퀴 돌아 주차장에 돌아왔다. 차 문을 여는데 육십이 다 되어 보이는 아주머니가 다급히 쫓아오더니 나를 보고 차주냐고 묻는다. 그렇다고 대답하자 내 차가 후진 주차를 하면서 자기 차의 앞 번호판을 깨트렸다는 거다. 그때는 번호판의 테두리가 플라스틱 재질이었다. 쳐다보니 그 아줌마의 차는 번호판이 깨어진 채 테두리는 하나도 없이 숫자만 남아 있었다. "아줌마. 이거 정말 내가 부딪혀서 깼다는 거예요?" 했더니 "그러니까 이 더운 여름날 집에도 못 가고 두 시간이나 기다렸잖아요." 한다.

"내가 그런 게 절대 아니라고 이 정도로 깨졌으면 운전자인 내가 모를 리가 없다." 말하고 또 "지금 차 간 사이가 이렇게 떠 있는데 어떻게 내가 깼다는 거예요?" 물었더니 그건 내가 박아서 깨고 다시 차를 조금 떼어서 주차를 했을 거란다. 화가 나서 "그렇다면 이 바닥에 깨진 파편이 하나라도 떨어져 있어야 하는데 바닥 어디에도 깨진 파편 하나 없는데요? 더군다나 박아서 깨트려놓고 그 자리에 다시 주차하는 사람이 어디에 있어요? 아줌마 같으면 그렇게 하겠어요?" 물었더니 한사코 내가 박아서 깼다는 거다. 다른 데서 박고 와서 나한테 떼쓰는 게 분명했다. 어디에서 그랬는지조차 인지를 못 하는 걸로 봐서 아무래도 초보가 분명해 보였다.

당시에 내 차에 함께 탑승했던 친구의 남편이 그 당시 교통사고 조사관이었다. 확 신고해버릴까 하다가 그러면 조서도 받아야 하고 바쁜 시간을 허비해야 하니 여러모로 귀찮았다. 어쩔까 하다가 "아줌마. 그럼 내가 번호판만 새 걸로 달아주면 되지요?" 했더니 "그럼요. 그럼요." 하며 연신 고개를 끄덕인다. "그럼 내 차를 따라오세요. 내가 잘 아는 자동차 부품 가게에 가서 내가 새것으로 사줄게요." 했더니 기다렸다는 듯 그러잖다. 옆의 친구는 뭘 그렇게까지 하냐며 "그냥 신고하지." 하길래 웃으며 "저 아줌마는 지금 착각하는 거야. 아마도 왕초보일 거다. 차에 들어가는 건 무조건 무지하게 비쌀 거라고 생각하는 거지. 나를 두 시간 동안 기다렸다잖아! 저 초췌한 모습 좀 봐라. 잘 차려입은 마 원피스가 땀투성이잖니? 안됐다." 중앙로에서 터미널 쪽으로 가다가 우회전을 하고 근화동 부품 대리점을 가면서 백미러로 보니 운전이 매우 서툴렀다.

의료보험공단 가는 길에 있던 현대자동차 부품 가게의 주인 사모와 안부 인사를 하고 백미러값 2,000원을 내자 그 중년 아줌마의 눈이 화등잔만 해진다. 진짜로 이천 원이냐고 다시 묻길래 맞는다고 아줌마는 두 시간을 기다려서 이천 원을 번 거라고 대답해주었다. 그 집의 기사를 시켜서 번호판을 끼워주고 나서 앞으론 그렇게 억지 쓰지 마시라고 나보다 한참 나이 드신 연장자라 이만큼 처리해드린 거라고. 그냥 신고하고 아줌마랑 같이 경찰 조서 받을까 했었다고 말해주었다. 아무 소리 없이 듣고 있던 아줌마가 갑자기 고개를 푹 숙이더니 젊은이한테 볼 낯이 없다고 미안하다고 내게 백배사죄를 했다.

돌아오는 차 안에서 친구가 나를 건너다보며 "너, 그렇게 안 보였는데 대단하다." 하길래 "뭘. 일단 내가 귀찮고 시간이 절약되잖아. 이천 원은 썼지만. 야! 신고했어봐라. 지금 조서받고 있느라 집에도 못 갈 거다. 안 그러냐?" 했다. 그때 내가 뿌린 것처럼 처리됐으면 참 좋겠다. 별일 아니라고 그냥 없었던 걸로 하자고 그 아저씨한테서 그렇게 쿨한 전화 한 통 걸려 왔으면 좋겠다.

ps. 며칠 후 보험사에서 전화가 왔다. 차는 워낙 미세한 긁힘으로 교체 대상이 아니었지만 두 부부가 모두 병원에 입원해서 보상금 지급으로 처리됐다고 하길래 어이없었다. "춘천중학교 모퉁이를 돌면서 우회전하느라 속도가 겨우 시속 20km였는데 그걸로 입원이요?" 하니 어쩔 수 없는 일이라며 웃었다.

고등어
과장

부지런히 점심 준비를 하고 있는데 누군가 부르는 소리에 마당으로 나오니 허름한 일복 차림의 아저씨가 밥을 먹을 수 있냐고 묻는다. 준비는 좀 덜 됐지만 올라오시라고 했더니 아니라고 마당의 테이블에서 먹고 가겠다 한다.

때 이른 더위로 인해 마당은 뙤약볕이라고, 아무리 올라오시라 해도 아니란다. 청국장을 끓여서 내다 드리는데 1인분과 공깃밥 한 그릇 값을 먼저 계산하고 먹겠단다. 구옥을 개조한 식당이다 보니 주방에서 바깥이 안 보이는 나를 배려하는 것이었다. 잠시 후 수도 검침을 나온 아저씨가 불러서 다시 나왔다. 검침을 하는 내 손에 천 원을 쥐여주며 밥을 한 공기 더 가져오란다. 많이 시장하셨나 보다. 밥을 한 공기 더 가져가서 천 원을 돌려주며 "아저씨. 이건 안 받을래요." 하자 "왜요?" 묻길래 "아까 한 공기 값을 더 받았잖아요. 이제부턴 무한 리필이지요." 했더니 "나 좀 편히 먹고 가게 그냥 받아요." 한다. "싫어요." 우기는 내 손에 천 원을 얼른 쥐여주고는 "나 밥 먹을 거요." 하며 휙 돌아앉는다. 내가 졌다. 청국장을 맛나게 먹는 아저씨를 바라보면서 1인분이라고 생선을 한 토막만 튀겨다 준 게 후회가 되었다.

1998년, 그때에도 나는 주방 아줌마였다. 점심시간이면 버스 조합과 산림 조합의 직원들 그리고 일반 손님들과 여기저기 배달까지 그야말로 분 단위로 뛰어다녔다. 한꺼번에 우르르 몰려와서 식사하고 돌아갈 때 본인들이 장부에 직접 기재하고, 월급을 타면 자신들이 계산해서 돈을 각자의 장부에 끼워놓고 가곤 했다. 체구가 작은 아저씨가 있었다. 올 때마다 "나는 다른 거 필요 없어. 고등어 두 토막만 주면 돼." 하고 큰 소리로 말한다. 고등어, 임연수, 꽁치, 가자미, 등등의 생선들을 날마다 돌아가며 튀겨내는데 그 사람이 오면 그날의 생선이 나가고 고등어를 덤으로 튀겨다 주었다.

주방을 도와주는 언니와 내가 고등어 과장이라는 별명을 붙여놓고 그분이 오면 "고등어 과장님 오셨네요." 하고 불러드렸다. 그러던 어느 날, 월말이라 장부를 정리하다가 '김** 어라, 이분은 밥값 계산을 안 하셨네. 그다음 달도 어라 또 안 하셨네.' 그런데 두 달을 합쳐도 겨우 4개밖에 안 된다. 점심시간에 한꺼번에 몰리고 내가 적는 장부가 아니라서 얼굴은 대략 알지만 이름은 전혀 몰랐다. 아마도 얼마 안 되어서 잊어버린 것 같았다. 물어봐야지 생각했다가, 배달 가느라 또 깜빡하고 며칠이 흘렀다. 어느 날 마침 배달에서 돌아오는데 산림 조합 직원들이 우르르 몰려들어 오길래 "혹시 김** 씨가 누구시지요?" 하고 물었더니, 고등어 과장이 "나요." 한다. "아, 고등어 과장님이셨어요? 하하하~ 밥값이 결제가 안 되셨길래 누군가 했지요." 하며 웃었다.

순간 얼굴이 일그러지더니 내가 외부 출장이 많아서 사무실에 안 있었고 금액이 얼마 안 되길래 그냥 둔 건데 그걸 얘기하냐며 벌컥 화를 낸다. 얼른 받아서 "제가 얼굴은 알아도 이름을 모르잖아요. 두 달 동안 4개뿐이 안 되길래 아무래도 잊어버린 것 같아서 물어본 거지요. 오해하지 마세요." 하고는 서둘러 밥상을 차렸다. 방으로 들어가 밥을 먹고 나오더니 그때까지 화가 안 풀렸는지 나가다 말고 "야, 이 대리. 너 돈 갖고 있으면 줘봐?" 한다. "아니요. 그냥 왔는데요." "그럼 사무실에 가서 갖고 와." 얼마 후 누군가에게 건네받은 돈으로 밥값 17,500원을 주면서 "내가 누군 줄 알아? 과장이야 과장. 사람을 어떻게 보고." 하며 씩씩대면서 나갔다. 당시 밥값이 1인분에 3,500원이었다.

그날 오후 3시쯤 가게로 전화가 왔다. 받자마자 대뜸 "나 김** 과장인데." 하길래 "네. 왜 그러시는데요?" 했더니 "아줌마, 앞으로 우리 직원들이나 다른 사람들한테 내 얘기 한 번만 더 하면 가만 안 둘 거니까 그런 줄 알아요." 한다. 어이가 없어서 "내가 누구한테 얘기할 시간이 있어야지요. 그리고 가만 안 둘 거라는 건 또 뭡니까?" 하는데 미처 끝나기도 전에 "내가 말하고 있잖아. 들어!" 하면서 반말지거리를 한다. "지금 만만한 식당 아줌마한테 뭐 하시는 겁니까? 과장님 근무 시간이잖아요?" 하니 "내가 누군 줄 알고 까불어. 내가 과장이야 과장. 우리 직원들한테 앞으로 그 집에 아무도 밥 먹으러 가지 말라고 했으니 그런 줄 아시오." 하며 나를 윽박질렀다. "대단하시네요. 누군지 몰라서 물어본 게 그렇게 잘못입니까? 그리고 많든 적든 매달 결제하는 게 서로 맞는 거래지요. 과장이든 말단이든 노동자든 나한텐 다 똑같은 손님이고 다 똑같은 일 인분이네요. 당신이 과장이면 나한테 밥값 더 냅니까? 그리고 당신이 과장이면 나는 사장입니다. 사장. 끊어요." 뚝⋯. 하하하.

38세의 혈기 방장한 주방 아줌마였을 때 일이었다. 용기가 넘쳐서 무서운 것이 없었던 그때, 해보자고 덤비던 주방 아줌마가 이제는 50이 넘은 주방 아줌마가 되었다. "내가 누군지 알아?"의 고등어 과장도 이제는 60이 넘었을 것이다. 청국장을 맛나게 먹는 아저씨의 뒷모습을 바라보다가 문득 그때의 고등어 과장이 생각나는 건 무슨 이유였을까? 입성은 초라한 작업복이지만 그 안에 들어 있는 마음은 결코 초라하지 않은 사람이었다. 자신을 낮추고 겸손한 마음을 가지는 사람이 가장 완성된 인간이다. 과장, 부장, 그런 계급장에 의존하지 않아도 자신을 당당하게 드러낼 수 있는 사람, 그런 사람이 진짜 사람이다.

날마다 무수한 사람을 만나고 나를 낮춰야 하는 자영업에 종사하느라 손님이 왕인 사람들을 많이 보았다. 내 삶에 불어닥친 폭풍과 싸우면서 온몸에 털을 세우고 살았던 날도 많았지만 덕분에 뾰족하던 가시는 뭉툭해지고 푹 곰삭은 마음은 한결 말랑해졌다. 고등어 과장님, 당신도 잘 익어가는 중입니까?

먹고 놀라고
권하는 사회

택시에서 기사님과 대화 중 자기가 사는 임대 아파트에 부부가 위장으로 이혼해서 모자 가정으로 등재해놓고 아이들 학비까지 면제받으면서 놀고먹는 사람이 많다면서 혀를 찼다. 백수가 많다 보니 낮에도 차들이 꼼짝을 안 해서 낮이나 밤이나 주차 전쟁이라면서 "오늘도 집에 밥을 먹으러 갔다가 차가 겨우 빠져나왔어요." 하며 "일을 하면 기초 생활비가 안 나온대요. 수입은 적지만 힘들게 일하는 것보다는 그게 낫다던대요?" 한다.

오래전, 정확히는 1990년이다. 춘천의 길거리 여기저기 흩어져 있던 포장마차들을 시에서 공지천의 한곳으로 강제 이주를 단행한 적이 있다. 그때 이웃에 살던 부부가 팔호광장 골목에서 포장마차를 했었다. 일반 가게들은 자정이면 영업을 강제로 종료해야 했던 노태우 정권의 초기였다. 그때 술을 마시다 강제로 쫓겨나온 사람들은 포장마차밖에 갈 곳이 없었다. 포차를 운영하던 그 부부는 자기들은 절대로 공지천으로는 안 갈 거라고 말하면서 "그 외진 곳을 누가 찾아올 거냐?" 반문했다. 공지천으로 안 갈 사람들은 시에서 그 당시 300만 원씩을 무이자로 대출해주었다. 공지천에 입주해서 장사하거나 그 돈으로 가게를 차리라는 취지였다.

당시로는 큰돈이어서 그 빚을 어떻게 갚을 거냐는 내 물음에 웃으며 대답하길 "그걸 왜 갚아. 안 갚으면 지들이 어쩔 거야? 담보도 없는 대출을." 하길래 그 말을 듣는 나로선 '이 사람들 참으로 대책이 없는 사람들이구나.' 생각했었다. 300만 원이란 거금이 공돈으로 생겼다며 뛸 듯이 좋아하면서 공지천으로 안 가겠다고 한 자신들의 탁월한 선택을 내게 자랑도 했었다. 그 외진 곳에 누가 올 거냐고 하더니 예상은 빗나갔다. 자정이면 업장에서 내몰린 사람들이 유일하게 허락된 술집인 공지천을 찾아 문전성시를 이루었다. 그 당시 공지천은 낮보다 밤에 사람이 더 많았다. 춘천 시내의 온갖 술집에서 쏟아져 나온 사람들로 인해 포장마차는 사람들로 넘쳐났다. 카드가 없던 시절이라 이모님들의 앞치마는 늘 불룩했다. 시에서 지어주고 공짜로 입주한 포장마차는 권리금 5,000~6,000만 원씩에 거래되었다. "아뿔싸, 300만 원이 문제가 아니었구나." 뒤늦게 자신들의 판단이 틀렸다고 땅을 쳤지만 300만 원은 꿀꺽 먹어버렸다.

1997년 대선 당시 김대중 대통령 후보가 '농가 부채 탕감'이란 공약을 내걸자 농민들이 대출을 갚지 않으려 했을 뿐 아니라 대출을 더 받자는 말까지 공공연히 나돌았었다. 이후부터 지금까지 '농가 부채는 제대로 상환하지 말자'는 사람들이 많다. 2003년 결국 신용카드 위기가 왔다. "외상이면 소도 잡아먹는다."라는 옛말은 틀리지 않았다. 2004년부터 '개인 회생'이란 제도가 생기면서 일정 금액을 갚으면 나머지는 탕감해주었다. 그때부터 지금까지 파산 신청자는 꾸준히 늘고 있다.

2008년 이명박 대선 후보는 260만 명의 빚을 탕감해주고 신용불량자 49만 명을 사면하겠다는 공약을 했었다. 이후 국민연금을 활용한 대책으로 29만 명의 빚을 탕감해주었지만, 그들 중 절반 이상이 다시 빚을 졌다는 통계를 보았다. 그런데도 불구하고 이후 박근혜 대통령도 대선 공약으로 채무자 빚 탕감을 공약했고 '국민행복기금'이란 제도를 만들어 구제했다. 그러자 성실히 갚아온 사람은 뭐냐는 자조가 여기저기서 터져 나오면서 소액 채무자들은 다중 채무자로 오히려 빚을 늘렸다.

이후 문재인 대통령도 대선 때 100% 빚 탕감을 공약으로 내세웠다. 당선 후 29만 1,000명이 진 채권액 1조 5,000억 원에 달하는 생계형 소액 채무를 면제해주었다. 대선 때마다 반복되는 탕감의 역사에 윤석열 정부도 뛰어들었다. 부실채권 전담 은행 설립을 통해 자영업자와 소상공인의 대출 원금을 60~90%까지 감면해주겠다는 '새출발기금'에 30조 원을 신설한다고 하였다. 소상공인, 자영업자, 가상 투자 실패자, 연체 90일 이상 부실 차주들이 포함되어 있고 코인 투자로 진 빚도 포함된다고 한다. 반복되는 빚 탕감으로 젊은이들이 도덕적 해이에 빠질까 봐 심히 우려된다.

1995년 생후 16개월이던 딸과 함께 음주 운전자의 가해로 인해 교통사고가 났다. 남편은 뇌를 크게 다쳤고 이후 사고와 관계없는 뇌 동정맥 기형으로 대수술을 받으면서 머릿속에 6개의 클립을 심었다. 13년 만에 또다시 뒤차의 졸음운전으로 수술 부위를 다쳤다. 이 힘든 시간을 겪어내며 나는 열심히 일했다. 힘들다고 아무것도 안 하고 먹고 놀았다면 우리는 차상위계층이 되었을 것이고 정부가 먹여 살리는 부양가족이 되었을 것이다. 그랬다면 나는 노동에 시달리지 않고 편히 살았을지도 모른다. 만일에 그랬었다면 우리 아이도 그렇게 사는 부모의 모습에 학습되어 열심히 일하지 않고 정부의 보조금 또는 이런 빚 탕감이나 기다리는 성인이 되었을지 모른다. 선대들도 또 우리 세대들도 모두 열심히 일했다. 지금은 열심히 일하지 않는 젊은이들이 너무 많다. 조금만 힘들어도 그만두는 사람들 때문에, 힘든 일을 하는 작업장은 외국인 근로자들이 아니면 일손을 못 구한다.

기술이 발전하고 잘사는 사회가 된 현시대에, 일을 하라고 하니 젊은이들에겐 꼰대 같은 잔소리로 들릴 수도 있다. 정권이 바뀔 때마다 반복되는 빚 탕감은 젊은이들에게 노동을 배척하게 만든다. 일확천금만을 찾아 한 방을 쫓기만 하는 삶은 늘 채워지지 않는 허상일 뿐이다. 그들이 진정 바라는 것은 일시적인 빚 탕감이 아니라 열심히 일할 수 있는 일자리일 것이다. 청년층의 '90% 대학 진학률'이 '90%의 취업률'로 연결되지 않는다면 진학률이 무슨 소용일까? 땀 흘려 일하는 회피 업종도 사회적으로 똑같이 대우받는 그런 풍토를 조성하는 대책이 아쉽다. 직업에 계층은 없다. 그러나 정부의 지원을 받아야 하는 차상위계층은 있다. 젊은이들이여. 부디 차상위계층은 되지 말자. 부모들이여. 자식이 행복한 삶을 살기를 원한다면 노동을 가르쳐라.

정치인들이 대선 때 표를 의식해서 혹은 지지율을 의식해서 개인의 빚잔치를 대신해주겠다고 나서는 것은 좋지 않다. 자칫 사회 경험이 없는 젊은이들에게 노동을 하찮게 생각하고 어떻게든 정부에 의지하고 싶어 하는 마음만 심어준다. 지금까지 빚을 탕감받고 난 후의 사람들을 표본으로 재기를 한 사람들이 얼마나 되는지 철저히 조사해보아야 한다. 먹고 놀라고 권하는 사회가 될까 봐 마음 한쪽이 불안한 건 아줌마의 쓸데없는 오지랖일까? 복지는 양날의 칼이다. 부디 잘 사용해서 어느 쪽도 불만이 없이 모두 함께 잘 사는 사회를 만들어주길 간곡히 바란다.

직장의
신

쪽팔림의 정의

2012년 2월. 아침 9시까지 출근해서 품목별로 날짜를 체크하고 가짓수대로 소량 포장을 해서 가지런히 담아놓는다. 12시쯤이면 25가지의 반찬 중 9가지를 쟁반에 담아 시식대를 만들어놓고 나면 마트 반찬 아줌마의 오전 일과가 정리된다.

출근을 시작한 지 열흘쯤 되던 어느 날, 젊은 여자 2명이 내 앞에 오더니 담아놓은 반찬을 시식하면서 "그래도 5학년이 되더니 애들이 아주 어른스럽지?" 물으니 다른 한 명이 "그래. 이제 6학년이 되면 부쩍 더 클 거야." 하는 그녀들의 대화에 '초등생을 둔 학부모 친구들이구나!' 짐작할 수 있었다. 그때 구내방송으로 흘러나오던 음악이 멈추고 진열 및 판매를 담당할 사원을 뽑는다는 방송이 흘러나오자 그중 한 명이 나를 쳐다보면서 "저기, 지금 방송 하는 거요. 하루에 몇 시간 근무하는 거예요?" 묻길래 "대략 8시간이요."라는 내 대답에 놀란 표정으로 "예에~ 완전 노가다네." 한다.

"어딜 가서 일하든 하루 8시간이야 안 하겠어요?" 하는 내 말에 "이렇게 서서요?" 되묻는다. 함께 있던 여자가 "알바하게?" 묻더니 "쪽팔리게 집 근처에서 알바를 어떻게 하려고 하냐?" 했다. 그 말에 이놈의 오지랖 근성이 튀어나왔다. "나도 집이 바로 옆인데요? 그게 얼마나 편하고 좋은데." 하는 내 말은 아랑곳없이 "얼굴에 철판 깔면 되지 뭐." 하면서 둘이 시시덕거리더니 저쪽으로 간다. 그녀들의 뒷모습을 망연히 바라보다가 신성한 노동을 쪽팔림으로, 열심히 일하는 모습을 철판으로 비유하는 그녀들에게 교육을 받고 있을 자녀들이 안타까웠다.

아이들 모르게 밤의 환락가를 이용해 돈을 버는 것이 아니라면 집 근처라서 쪽팔릴 이유가 없고 남에게 왜곡되고 거짓되게 사기를 치지 않는다면 철판일 이유가 없다. 그녀들만의 사고방식이었을까? 나는 이 아파트에서만 15년째 살고 있는지라 엘리베이터에서 인사를 나누는 이웃들이 "요즘은 뭐해?" 물어오면 "요 앞, E마트 반찬 코너에서 일해요. 혹시 마트에 오면 들렀다 가세요." 하면 다들 웃으면서 덕담을 한다. 재주도 좋다는 아주머니도 있고 아무튼 부지런하다며 칭찬도 하신다. 지금껏 한 번도 그게 창피하다고 생각해본 적이 없었다.

　다만 한 가지, 나의 일거수일투족을 CCTV로 누군가 지켜보고 있다는 건 그리 유쾌하지 않았다. 근무하는 중에 여동생이 전화했기에 받았더니 "전화는 받게 하냐?" 물었다. 탁자 밑으로 숨었다는 말을 차마 못 하고 "그럼, 내가 누군데! 내가 직장의 신이야! 신!" 하며 큰소리를 쳤다. 노동을 할 수 있는 건강한 육체가 있음에도 일하지 않고 남의 도움을 바란다거나, 비굴하게 옳지 않을 일을 하거나, 남을 속여 사기를 치는 것이 아니라면 절대로 쪽팔림이 아니라고 생각한다. 신성한 노동을 무시하는 무지야말로 쪽팔림이라 정의하고 싶다.

아까워서 잠이 안 와
　오전 10시에 개점해서 자정에 문을 닫는 마트에서 일주일 단위로 교대 근무를 한다. 오전 조는 아침 9시부터 오후 4시까지, 오후 조는 오후 4시부터 밤 12시 폐점까지 근무하는데 두 달이 넘은 지금까지도 오후 마감을 하고 집으로 돌아오면 버려진 것들이 아까워 잠이 안 온다.

밤 11시 45분쯤 되면 아침에 구운 빵 중 판매가 되지 않은 빵들이 비닐봉지에 담겨 몽땅 버려지는 것을 보고 깜짝 놀랐다. 며칠 후 조심스레 옆의 사람에게 물었다. "아직도 굶는 사람이 얼마나 많은데 아침에 구운 빵을 저렇게나 많이 버리느냐고 시내 어디쯤 갖다 놓고 노숙자들을 먹게 하든지 아니면 보육원이나 시설에라도 갖다 주지." 하는 내 말에 "전에 그렇게 했었는데 여기서 갖다준 거 먹고 탈 났다고 보상하라 해서 골치 아파서 그 뒤로는 그냥 버린대요." 한다. 아무리 그래도 내겐 설득력 없는 구차한 핑계로 들린다.

2000년도에 내가 고깃집을 할 때였다. 우리 가게에서 먹고 술에 취해서 가느라 몰랐는데 아침에 보니까 신발이 바뀌었단다. 당시 미도파 백화점이 개점한 지 얼마 안 되었을 때였다. 거기서 산 75,000원짜리 영수증을 들고 와서 일주일 전에 산 새 신을 누군가 신고 가는 바람에 자신은 헌 신을 신고 갔으니 물어낸다. 어제 헌 신발을 신고 갔다는 걸 증명할 수도 없으면서 무조건 우긴다. 한참을 말씨름하다가 억지인 줄 알면서 50,000원을 물어주었다. 억울해서 알아봤더니 '신발 분실 시 책임이 없다'고 써놓았으면 법적인 책임이 없단다. 목욕탕에서 "주인에게 맡기지 않은 귀중품은 책임지지 않습니다."라고 써놓는 이유도 마찬가지라 했다. 같은 맥락이라면 "아침에 구운 빵입니다. 아끼지 마시고 24시간 안에 드십시오. 단 제공한 빵을 드시고 탈이 난다 해도 법적인 책임은 지지 않습니다." 이렇게 하면 책임이 없지 않을까? 아니면 폐점을 한 후에 매장 청소를 하시는 분들이 60대 이상의 연로하신 분들인데 그분들에게 간식으로 제공이 되어도 좋을 것이다.

아침에 식구들을 챙기고 부랴부랴 나오느라 자신은 챙기지 못한 여사원 혹은 남사원들의 휴게실에 비치해두고 요기를 허락해도 좋을 것이다. 그뿐이 아니었다. 아침에 한 양념육도 늦은 밤이면 버려진다. 제일 아까운 것은 김치였다. 오늘 낮에도 날짜가 지났다며 폐기하는 총각김치와 배추김치가 아까워서 하나를 들고 베어 물었더니 미처 맛도 안 들었다. 주부 경력 9단에 식당 경력까지 있는 내가 단언하건대 김치가 유통 기한이 지났다는 건 이유가 되지 않는다. 묵은지는 그럼 어떤 해석을 할 건지?

엄청나게 버려지는 그 많은 고기, 생선, 김치, 빵이면 많은 사람을 먹일 수 있고 더불어 환경 보호까지 할 수 있겠다는 생각에 이놈의 오지랖 열두 폭 치마가 밤새 이불을 펄럭인다. 노블레스 오블리주가 뭐 거창한 것일까? 자그마한 식당에서도 남은 음식을 푸드 뱅

173

크에 기부하는데 거대 기업은 외려 외면하고 있었다. 아무리 많이 내다 버린들 내 것이 아니고 입점 업체들의 것이니 아까울 것도 없다는 갑의 논리로밖에는 해석되지 않았다.

대형 마트에서 20년을 넘게 근무했다는 사람 말에 의하면 폐점하기 직전 그렇게 많은 음식을 내다 버려도 절대 종사자들에게 나눠주지 않는단다. 젊은 청년들이 아무리 배가 고파해도 절대 못 먹는다며, 먹다가 걸리면 가차 없이 해고라면서 시스템이 그렇게 되어 있다고 한다. 남는다고 누군가를 주면 적극적인 판매를 안 한다는 말도 덧붙였다. 어릴 때 시장 입구에 대형 채소가게가 있었다. 채소는 생물이라 하루 이틀 만에도 물러지고 상한다. 그걸 차에 실어다가 넓은 공터에 부려놓고 트럭으로 깔아뭉개는 걸 보았다. 어려운 사람을 나눠주라는 말에 그러면 돈 주고 사 먹지 않아서 안 된단다.

아프리카 사람들이 기아에 허덕여도 한편에선 식량이 남아돈다. 거대 곡물 자본을 쥐고 흔드는 세력들은 곡물 가격이 내려가면 태평양 앞바다에 쏟아버릴지언정 나눠주지도 않거니와 엄청난 자본으로 곡물의 가격을 자기들 마음대로 조정하고 있다고 한다. 브레이크 없는 자본주의라는 열차는 오늘도 비정하게 달리고 있다.

4부

삶이라는
직업

삶이라는
직업

"상기 본인은 일신상의 이유로 사직서를 제출하오니 허락하여주
시기 바랍니다." 평생 이런 사직서 한 번 못 내보았다. 나는 사업자
등록증을 세무서에 제출하고 폐업 신고만 하면 되는 자영업자의
삶을 오래 살았다. 하여 입사할 때 자신의 최종 학력과 경력을 뽀
대 나게 이력서에 쓰는 사람이 늘 부러웠었다. 이제 나이를 먹고 나
서는 맡은 소임을 완성하고 멋지게 사직서를 쓰는 사람이 부럽다.
간간이 "확 사표 내버릴까?"라며 울분에 찬 직장인들을 볼 때는
'오죽하면 저럴까?' 하는 안쓰러움도 들었지만, 마음 한편으론 그마
저 부러웠었다.

설날 코로나로 입원한 어머니로 인해 분위기는 뒤숭숭하고 적막
했다. 잠자코 앉아 간간이 자신의 휴대폰을 들여다보거나 하품을
하며 비슷이 자리를 고쳐 앉는 어설픈 시간이 흘렀다. 한참의 침묵
을 깨고 막냇동생이 문득 "오빠는 요즘 뭐 해?" 하며 말문을 열었
다. "그냥 있지 뭐." 하는 남동생의 대답에 "와, 공무원 말년에 놀고

먹는구나?" 하니 피식 웃던 남동생이 "그러는 넌 뭐 하는 게 있냐? 갤러리에 그림이나 전시해놓고 가만히 앉아서 팔리면 팔고 그게 다 잖아?" 한다.

여동생은 분당에 1관, 청담에 2관 갤러리를 운영하고 있다. 두 군데에 갤러리를 운영하며 날마다 바쁘다고 아우성을 치는 터였다. 그때부터 말문이 트인 두 남매가 오빠는 아무것도 모르면서 그게 얼마나 심한 감정 노동인 줄 아냐며 자기 직업의 힘든 애로를 이야기한다. 이에 남동생도 질세라 "야, 말이 그렇지. 너는 내가 얼마나 힘든 줄 아냐? 나야말로 강원도 감자의 예산 전체를 집행하느라 힘들어. 위아래 사람들이 서로 자기 입장만 피력한다. 에구, 네가 뭘 알기나 하냐?"

남매의 티키타카를 옆에서 가만히 듣고 있던 내가 피식 웃자 막내가 나에게 동조를 구한다. "너희들 TV에 나오는 <극한 직업>이란 프로 봤냐?" 물으니 봤단다. "그걸 보면 힘들지 않은 직업이 없지. 남의 일은 다 쉬워 보이는 거야. 예전에 네 형부가 나랑 같이 차를 타고 가다가 길가 공사 현장에서 수신호하는 아저씨들을 보면서 '와! 저 사람 말이야. 삽질 한 번 안 하고 가만히 서서 손가락만

까딱까딱하네! 완전히 날로 먹는구먼?' 하며 부러워하더라. 그래서 나도 그렇겠다 생각했는데 네 형부가 뇌수술하고 회복 후 마땅히 할 게 없어서 인력사무소를 가니 단순 작업이라며 그걸 시키더란 다. 온종일 하는데 그게 제일 힘든 일이란 걸 알았단다. 계속 사방 을 두리번대며 차를 살펴야 하니 대소변도 맘대로 못 가고 너무 힘 들어서 차라리 삽질을 시켜달라고 부탁했다더라. 남이 하는 건 다 쉬워 보이는 거야." 하니 "그러네." 하며 웃는다.

삶이란 누구나 저마다의 힘듦이 있다. 대학을 못 가본 나는 동 생들이 부럽지만, 막냇동생은 늘 지방대를 나온 아쉬움을 토로했 다. 대학교수로 20년을 넘게 근무하면서 지방대 출신에 외국 유학 조차 안 간 교수는 딱 한 명 자기뿐이라며 속상해하곤 했다. 동료 교수들이 일부러 대놓고 자신들의 외국 유학을 화제로 삼아 대화 를 묘하게 끌고 간다며 스스로 자칭 왕따 교수라 말했다. 이력서조 차 써볼 수 없는 나는 그저 멍청하게 듣다가 가끔 시시껄렁한 소리 나 지껄이면서 대충 마무리했었다.

언제라도 그만둘 수 있는 일은 얼마나 다행인가? 사표를 낼 수 조차 없는 삶이라는 직업은 한층 가혹하다. 나한테 왜 이러는 거냐? 따져 볼 수도 없다. 병가를 낼 수도 없는 삶에 가끔은 비애와 무기력이 무법자처럼 침입해서 나를 우울로 밀어 넣기도 한다. 세상과 무관하게 살겠다면서도 세상에 존재하는 모든 소음을 온몸으로 빨아들인다. 끊임없이 소음을 찾아 헤매며 기웃대느라 비누처럼 조금씩 닳고 있는 자신을 느끼지만 그 또한 삶이다.

삶이라는 직업은 끊임없이 웃고 떠들어야 하지만 한마디도 할 수 없을 때가 있다. 끊임없이 간섭하고 간섭당하고 누군가의 삶을 지배하고 혹은 지배당하면서 삶은 삶을 베끼면서 자꾸 베끼면서 불가능을 가능케 한다. 누군가의 신기록을 깨면서 새로운 신화가 창조되고 또 누군가의 삶을 베끼면서 그를 능가하는 내가 된다. 누군가를 뛰어넘어 나만의 삶을 가꾸면서 끊임없이 앞을 향해 나아가는 내가 쓰는 나만의 창세기이다. 이제는 이력서도 사직서도 쓸 수 없는 나이가 되었지만, 마지막으로 남은 삶이라는 직업의 사직서만큼은 아주 멋지고 근사하게 쓰고 싶다.

꼰대가 하는
말

며칠 전 지인의 부부와 함께 바다를 보러 갔다. 거진항을 둘러보고 속초의 유명한 재래시장을 구경 갔더니 휴일이라 사람이 많았다. 젓갈과 말린 생선을 사서 주차장으로 돌아오는 길에 서로 이런저런 이야기를 하며 걷고 있는데 "꼰대!" 하는 소리에 옆을 보는 순간 젊은 청년이 탄 짐을 실은 자전거가 휙 지나간다. 네 사람이 마주 보며 잠시 어안이 벙벙했다가 동시에 빵 터졌다. "비켜요." 혹은 "이봐요?"가 아니고 그냥 꼰대란다. 한참을 웃다가 살짝 기분이 묘해졌다. 우리가 젊었을 때 하던 은어가 여전히 사용되고 청년의 외침 한마디를 단박에 알아들은 것은 우리가 스스로 꼰대임을 알고 있었다는 것이다. 말의 힘이 새삼 느껴졌다.

꼰대란 자신이 항상 옳다고 믿는 나이 많은 사람 혹은 권위를 행사하는 어른이나 선생님을 비하하는 말이다. 젊은 날의 나 역시 다 아는 이야기를 마치 당신들만 아는 듯 반복해서 말하는 것이 불편하고 성가셨다. 어느 날 꼰대가 되고 보니 나도 그럴 때가 있어서 웃음이 나왔다. 자전거로 짐 배달을 하던 청년이 볼 때 우리는 거치적거리고 느리면서 기득권만 주장하는 기성세대에 불과한 사람들이라 치부한 것이 분명했다. 설령 그랬다 할지라도 그것이 그 청년만의 잘못일까? 우리 세대가 잘못한 게 무엇이고 그들이 어른들을 부당하게 생각하는 것이 무엇인지 생각해볼 일이다.

젊었을 때 우리도 그랬었다. 젊음이란 많은 가능성도 있지만 불확실성도 그만큼 많다. 나 역시 그 시절에 늘 채워지지 않는 허기 같은 감정이 있었다. 시대를 거슬러 가고 또 가도 그 시대의 불확실성과 사회에 대한 불만은 늘 있었다. 1970년대와 1980년대에는 자유와 억압에 대한 허기가 있었고 1990년대를 지나면서는 거대 공룡들의 재벌 구조가 탄생되면서 빈부의 차이가 극명하게 갈렸다. 1%가 지배하고 99%가 그들이 만든 정책을 따라가는 세상에서 어느 시대에나 불평등과 갈등은 존재했고, 약자는 늘 젊은이들일 수밖에 없었다.

막연한 불확실성이 점점 구체화되어가는 세상에서 그들은 할 수 있는 것이 없다. 기성세대들은 그들에게 세상이 좋아질 거란 희망 고문을 하면서 거짓말을 하고 있다. 선거 때가 되면 현금을 얼마씩 주겠다는 선심으로 고문한다. 처음 허모 씨가 말할 때 허황한 말이라 생각했었는데 이젠 서로 경쟁하듯 쏟아낸다. 그들에게 갚아야 할 빚을 늘려주겠다고 약속하는 것이다. 혈기와 기개로 정치에 입문한 양당의 젊은 정치인들은 조직의 힘과 명분에 눌려 자신들의 처음 약속을 버린다. 초심은 없고 입신출세를 위해 꼰대 정치인들의 마이크로 전락하는 그들을 보면서 못된 정치의 학습 도구를 바라보는 심정이다.

2021년 4월 7일 치러진 재보선 선거에서 돈을 살포하겠다고 외친 후보가 모두 낙선되었다. 당헌 당규를 바꾸어가며 후보자를 낸 당도 폭망했다. 정치권에서 서로가 내로남불이라며 상대를 공격했지만 선관위에선 특정 정당을 연상시킨다며 사용을 금지했다. 결국 '내로남불' 정당이 누구라고 공식 기관에서 인정한 꼴이었다. 뉴욕타임스지까지 특필된 '내로남불'은 꼰대처럼 잊히지 않는 말로 토착화할 것이다. 대선을 향해 좌표를 찍은 여당의 후보 세 명이 모두 현금 거래를 제안하는데 액수가 너무 많았다. 자신들은 치고 빠질 테니 너희가 알아서 하라고 떠넘기는 술책이다.

1%의 기득권층이 하는 짓을 보면 감히 따라 할 수 없어서 화

182

가 나고 분노한다. 지위를 이용해 자녀들의 스펙을 만들고 우리끼리는 다 이렇게 한다며 자신들만의 리그를 자랑한다. 정보를 이용해 헐값에 땅을 사서 돈나무도 심는다. 제자의 논문에 공저로 이름을 올려 슬쩍 숟가락도 얹는다. 스승의 논문에 제자의 공저는 봤지만, 제자의 논문에 스승의 공저라니! 혹시 그 제자는 스승의 우월한 지위에 끽소리도 못한 건 아닐까? 세금 한 푼 안 낸 특공(특별공급) 아파트를 두 배에 팔고, 법안 통과를 맡은 당사자가 시침을 뚝 떼고 올려 받기도 한다. 기득권층이 올려놓은 아파트 값은 연봉 3,000만 원 안팎의 젊은이들이 평생을 벌어도 가질 수 없는 요새가 되었다.

기득권을 쥐고 있는 기성세대들이 가장 무서워해야 할 사람은 젊은이들이다. 힘 있는 사람들이 자신들의 생각과 욕심으로 기울어진 운동장을 만들어놓고 순수한 젊은이들에게 함께 뛰자 한다. 과정은 공평하고 결과는 공정할 것이란 말을 믿고 환호와 기대에 부풀었지만, 세상은 달라지지 않았다. 그대들이 느끼는 패배감, 실현 불가능한 현실의 불만을 마음껏 표출하고 분노하라. 그리고 절대 잊지 마라. 기성세대가 되고 기득권층이 되었을 때 오늘의 울분을 잊고 똑같이 눈감는 속인이 되지 말고 지금의 감정으로 항상 깨어 있으라.

몇 달 후 대선을 앞두고 있다. 서로의 치부를 맹렬히 공격하며 자신을 포장하기에 혈안이 되어 있는 양 당의 후보들을 보면서 그분들에게 부탁하고 싶다. 당선되면 딱 지금처럼만 백성을 무서워하고 눈치 보시라고. 지금 하는 말, 지금 하는 약속, 그 자리에서 꼭 실천하시라 말하고 싶다. 자리를 차지하고 난 후 논공행상으로 자리를 나누고 그 주변인들에 둘러싸여 달콤한 귓속말과 포도주에 취해 판단을 흐리지 마시라. 듣고 싶은 말, 내 편이 하는 말만 듣는 꼰대 근성을 버리라 부탁하고 싶다.

젊은 그대들에게 선택의 기회가 왔다. 부릅뜨고 살피어 제대로 된 선택을 하자. 백성을 민초(民草)라 부르는 뜻은 잡초처럼 질긴 생명력을 가졌다는 이야기다. 사람이 애써 키운 화초는 태양과 비바람에 가장 먼저 스러져간다. 그러나 잡초는 끈질긴 생명력으로 끝내 살아남는다. 김수영의 시에서도 백성이 "바람보다 먼저 일어난다" 하였다. 그래 맞다. 화초처럼 키워진 1%보다 잡초처럼 키워진 99%인 아름다운 그대들은 할 수 있다. 누구도 차별받지 않고 공평하다고 느낄 수 있는 세상, 서민들이 바라는 안정되고 좋은 세상, 그대들이 만들어라. 평범한 사람들이 일상에서 행복하게 웃는 밝고 맑은 세상을 그대들은 꼭 만들어라.

나는 할 수 있다

"간다 간다 하기에 가라 하고는// 가나 아니 가나 문틈으로 내다보니// 눈물이 앞을 가려 보이지 않아라"(피천득 수필집,『인연』에서)

요양원에 출근한 첫날이었다. 어느 정도 예상은 했지만 특유의 향이 내 콧속을 심하게 파고들었다. 아침 식사 수발이 끝나고 9시부터 기저귀를 갈아주는 시간이 되어 이불마다 들추어서 기저귀를 열어놓자 대소변이 뒤섞인 지독한 냄새에 숨이 막힐 것 같았다. 뼈만 앙상하게 드러난 다리 사이로 자기 몸에서 나온 분비물을 한 뭉치씩 깔고 누워 있었다. 질척한 눈물과 함께 누런 고름처럼 매달린 눈곱 사이로 실눈을 뜨고 나를 쳐다보는 노인들을 보면서 문득 피천득 님의 이 시가 생각났다.

예전에는 사랑하는 사람을 떠나보내야 하는 심정을 애절하게 표현한 시라고 생각했었다. 오늘 이곳에 와보니 '흘러간 시간을 붙잡지 못하는 안타까움과 꿈같이 지나간 젊음 날을 비유한 시가 아닐까?'라는 생각이 들었다. 아예 기억을 놓아버린 사람들은 생각조차 못 하니 차라리 다행이었다. 모든 걸 인지하면서도 내 몸을 내 마음대로 움직이지 못해 남의 손이 하는 대로 맡겨야 하는 심정이 얼마나 처절하고 수치스러울까 생각하니 처연해졌다. 마음과는 달리 오감을 자극하는 현실은 벗어나고 싶었다.

각자의 삶에서 서로 다른 인생의 희로애락이 있었을 것이다. 남보다 더 많은 업적을 세워 사람들의 갈채를 받으며 빛나는 삶을 살던 사람도 있었을 것이고, 그저 뒤에서 평생을 없는 듯이 남의 뒤치다꺼리나 하며 살았던 사람도 있을 것이다. 사람들의 주목을 받으며 주인공으로 살던 사람도 뒤에서 그림자처럼 살던 사람도 이제는 모두 반 평도 안 되는 침상에 누워 남의 손을 빌려 살아간다. 그들은 이제 아무것도 할 수가 없다. 기억 저 너머로 잊혀진 시간을 고요히 길어 올려 지난날을 더듬어보거나, 아무런 생각 없이 누운 채로 하루를 보낸다.

자신에게 주어진 침대 하나를 제외하면 더는 그 무엇도 자신의 소유가 없다. 아무것도 선택할 필요가 없고 아무것도 하지 않아도 되는 사람들이었다. 오전 10시 30분, 밑그림이 있는 A4 용지를 어느 정도 인지가 있는 사람들 일곱 명에게 색연필과 함께 나눠주었다. 색칠 공부 시간이었다. 색깔을 찾고 선택하며 인지 능력을 지속시키는 것이 목적이다. 94세의 할머니 한 분이 입을 실룩이며 열심히 그리더니 맨 위에다 삐뚤빼뚤 2018이란 숫자를 쓰길래 뭔가 하고 봤더니 점을 찍고 10을 쓰더니 "오늘이 수요일이지?" 하더니 24를 적는다. 아하! 그러고 보니 2018년 10월 24일을 적은 것이다. 그리고 자기 이름 '홍영순'을 적어 넣더니 당당한 눈빛으로 나를 쳐다본다.

"할머니 최고예욧~" 하며 웃어 보이고 엄지를 추켜드렸다. 마침 면회를 와 있던 딸이 나를 쳐다보며 들려주는 말은 내 가슴을 다시 뛰게 했다. "우리 엄마는 글씨를 모르는 문맹자였어요. 글씨를 모르니까 너무 답답하더래요. 동네에서 제일 유식한 사람을 찾아가서 '아버지를 써주세요.' 부탁해서 적어준 것을 가지고 와서 밤새 읽으면서 썼대요. 다음 날은 다시 가서 아버지를 다 배웠으니 이번엔 어머니를 써주세요. 다음 날도 그다음 날도 그렇게 글을 배우고 나서 얘기책이란 걸 사다가 읽어보니 너무나 재미가 있더래요. 그렇게 해서 한글을 모두 깨우치셨대요."

할머니가 다시 보였다. 나는 7월부터 주민센터에서 생활 영어를 배우기 시작했는데 어려웠다. 함께 배우는 사람들은 집에서 인강을 하신다는 분도 있고 숙제도 열심히 해오는데 나는 시간이 없다 보니 다음 시간에 갈 때까지 열어보지도 못한다. 게다가 절반은 결석이다. 한 번을 빠지고 다음번에 가면 진도가 쭉 나가 있었다. 포기를 해야 하나 갈등하고 있었는데 그 말을 들으니 정신이 번쩍 났다. '재수 삼수를 해서라도 깨우쳐야지.' 다짐하는 마음이 들었다.

100년 전쯤의 어머니들은 문맹을 아무렇지 않게 받아들였다. 농경 사회이다 보니 농사일과 집안 살림으로 여자들은 이중으로 일을 해야 했다. 그 시절에는 모든 집안일이 여자들의 손을 거쳐야 했으니 노동의 양은 상상을 초월할 것이다. 고달프고 힘든 처지여서 아예 생각조차 안 한 사람들이 더 많았을 것인데 기어이 배우고야 말겠다는 의지를 불태운 할머니가 존경스러웠다. 다섯 사람 이상 모이면 스승이 한 사람 꼭 있다. 지금까지 살면서 배운 나의 경험이다. 그런데 치매에 인지력이 떨어지는 이 할머니가 오늘 나의 스승님이다. 오, 나의 스승이시여. 백수하소서.

피싱

며칠 전이었다. 집 전화가 오기에 받았더니 "안녕하십니까? 고객님, 한국통신입니다. 잠시 후 고객님의 전화가 해지될 예정이오니 계속 사용을 원하시면 0번을 눌러주세요." 한다. "아침부터 무슨 소리야?" 하며 누르려는 순간 이상했다. '한국통신이란 사명은 쓰지 않은 지 오래됐는데?' 하는 의심이 들었다. 얼른 끊고 KT에 전화했다. 방금 이런 전화가 왔는데 어디서 온 건지 알 수 있는지를 묻자 잠시 후 안내원이 보이스 피싱 전화였다고 확인해주었다.

2002년까지 '한국통신'이란 사명이 있었으니 귀에 익숙한 이름을 입에 올려서 잠깐 사람들을 교란해서 교묘히 속이는 것이었다. 얼마 전 집 전화가 먹통이어서 KT에 요청했더니 "신호를 쏘아보았는데 안 되니 직접 방문해서 선로를 점검해야 한다." 했었다. 집에서도 거의 휴대 전화를 쓰다 보니 언제부터 먹통이었는지 알 수도 없었다. 불과 며칠 전에 점검받은 집 전화가 끊긴다는 말에 나도 잠시 헷갈렸다.

2019년 4월 30일엔 이런 일도 있었다. 밤늦은 시간이었는데 "Web 발신 G 페이 385,000원 승인 완료."라는 문자가 와서 깜짝 놀랐다. 자그마치 사십만 원 가까이 되는 액수가 내가 쓰지도 않았는데 승인이 되었다니 급한 마음에 하마터면 문의 전화를 할 뻔했다. 자세히 살펴보니 070으로 시작되는 번호였다. 내가 사용하는 두 개의 카드 번호와는 상관없는 엉뚱한 번호였다. 아마도 그걸 누르는 순간 내 전화에 이상한 앱이 설치되거나 그들에게 낚여서 고생하는 일이 생길 수도 있었을 것이다.

그리고 몇 달 후 11월 7일에 "Web 발신 E-BAY 냉장고 모델명: S61S32 497,000원 승인 완료." 이런 문자가 또 왔다. 이번엔 070도 아니고 버젓이 일반 전화번호를 나열해놓았다. 나이를 먹으면 머릿속 회전축도 느려지지만 만약 피싱으로 인해 손해를 본다면 그걸 만회할 길도 없을 터인데 나이 드신 분들을 상대로 이런 악질적인 짓거리들을 하는 사람들의 수법은 날로 교묘하고 지능적으로 진화를 한다. 늘 사용하는 비슷한 언어나 문자들을 나열해서 함정을 판다. 이후에도 이런 문자가 몇 달 동안 잊을 만하면 한 번씩 왔었다.

같은 수법을 계속 사용하지는 않는다. "엄마. 폰 고장이 났어!" 하기도 하고 상품권을 결제해달라고 하기도 한다. 주소가 확인이 안돼 택배를 배달하지 못했다고 문자를 보내서 그걸 클릭하거나 전화를 걸게 해서 앱을 깔게 하기도 한다. 잘 아는 지인의 동생은 몇 해 전에 아들이 유괴되었다는 말에 속아 수천만 원을 날렸고 그의 여동생은 롯데 카드를 소지한 고객에게 은행보다 싼 저금리 대출을 해준다는 말에 속아서 카드 번호를 불러주는 바람에 역시 많은 돈을 사기당했다. 유형이 너무 다양하고 광범위하다.

2019년에는 국가가 승인하고 국민이 믿고 거래하는 은행에서도 피싱을 했다. 우리은행, 국민은행, 하나은행이 합세해서 DLF라는 펀드를 판매했는데 그것이 불완전 판매여서 투자자들은 원금을 날릴 위기에 처했다. 기관을 믿고 거래한 일반인들을 상대로 은행이 나서서 사기를 친 것과 다름없었다. 이제는 무엇을, 어디를, 어떻게 믿고 살아야 하는지 진정 알 수가 없다. '독일이란 나라가 망하지 않는 한 절대 안전하다'는 금융기관의 말을 믿고 투자한 사람들이 졸지에 원금의 80~90%까지 날렸지만 아무도 책임지지 않는다. 이것은 엄연한 사기다.

인터넷 게임 속에서만 존재하던 가상 화폐를 진짜처럼 착각해서 "저 돈은 언제 주는 거냐?" 물으면 가상이란 설명을 하며 호탕하게 웃고 즐겼었다. 그랬던 인터넷 속의 가상 화폐가 어느 날 비트코인이란 이름을 달고 사람들 앞에 나타나 날마다 뉴스를 오르내렸다. 말 그대로 가상의 세계에서만 존재하던 화폐가 돈이란다. 돈은 땀 흘려 일하고 열심히 노력해서 생기는 줄 알았다. 그런데 기계를 잔뜩 늘어놓고 화면을 눈이 빠져라 쳐다보며 채굴한단다. 가상 화폐를 모르는 현실의 나는 '혼자 바보가 된 건 아닌가?' 의아했다. 가상 화폐가 사람을 들썩이게 하더니 어느 날 김치 코인이라는 테라와 루나가 화폐로 등장했다. 그 가상 화폐를 만든 권 아무개가 천재라며 뉴스에서 한국의 일론 머스크라 추켜세우며 들썩였다. 그럼 이쯤에서 의심을 풀고 저걸 돈이라고 인정해야 하나? 오락가락 헷갈렸다. 아무래도 확신이 서지 않는지라 전 국민이 모두 사용하면 그때 돈이라고 내가 인정해줄 테니 기다려라.

그러던 어느 날 여러 매체에서 "사기다. 아니다." 갑론을박하더니 제로로 폭락했다고 한다. 이쯤에서 의문이 생겼다. 어째서 가상 화폐는 그렇게 등락이 심할까? 물론 부동산도 하락하고 주식도 하락하지만 유독 가상 화폐만큼은 그 오르내림이 심하다. 불과 몇 년

안에 혜성처럼 등장한 기업이 그 자산 가치가 십수 년을 차곡차곡 쌓아 올린 굴지의 대기업보다 많다고 하는 것도 선뜻 이해가 안 됐다. 그런데 아주 잠깐 사이에 제로 상태로 폭락했다는 것도 이해가 안 되긴 마찬가지다. 해외 도망자 신세가 된 영웅이 몬테네그로에서 체포되는 것을 보면서 혹시 저것도 가상인가 싶었다.

그렇게 사람들을 들썩대게 하던 돈은 다 어디로 간 걸까? '가상처럼 사라졌다?' 아하, 이제야 알았다. 그래서 이름이 가상 화폐인 것이었다. 국어사전에 "가상: 사실이 아니거나 사실 여부가 분명하지 않은 것을 사실이라고 가정하여 생각함." 이렇게 풀이되어 있었다. 있기도 없기도 한 가상의 세계를 때때로 넘나들어야 하는 현실의 나는 대책 없이 피곤하다. 세상에 피싱이 넘쳐나지만 나는 현실 세계에서 안녕과 평안을 누리면서 살고 싶다.

빚쟁이

달력을 부욱 찢었더니 12월이 성큼 걸어 나왔다. 한 장 남은 12월을 쳐다보면서 추석이 엊그제 같았는데 시간이 손가락 사이로 빠져나간 것처럼 허전했다. 연초에 나 자신에게 많은 것들을 다짐했었다. 살도 좀 빼고 싶었고 좋은 글로 칭찬도 받고 싶었다. 영어 회화를 열심히 배워서 딸하고 막힘없이 대화해보고 싶었고 꾸준히 운동해서 젊었을 때처럼 순발력 있게 행동하고 싶었다.

그러나 하나도 실천하지 못하고 올해가 다 갔으니 연초의 공약은 내 마음속에 빚으로 남았다. 이제 시간이 얼마 안 남았으니 나는 스스로 빚쟁이가 되었다. 생각해보면 아주 어릴 적부터 60이 된 지금까지 자신과의 약속을 제대로 지켜본 적이 없었다. 초등학교 때에 '방학 생활 계획표'라는 걸 만들어놓고 제대로 실천해본 적이 없었고, 장래에는 이런 일을 하면서 이렇게 살아야지 다짐해놓고 이루지 못했다. 어른이 되어서도 중년이 되어서도 항상 서툴고 뒤쳐지는 나였다.

어쩌면 평생을 현실과 이상 사이에서 줄다리기하며 자신을 몰아붙이기에 급급한 삶을 살았는지 모른다. 어떤 날은 소망을 이루지 못한 낭패감에 오열하기도 했고 어느 날은 적당히 포기하고 타협하면서 자신을 추슬렀다. 사람들과의 관계에서 모나지 않고 반듯하게 처신하려 애썼고 원만한 교류로 나를 둥글리려 노력했다. 하지만 어느 때는 내 감정이 앞서서 상대의 이야기에 귀 기울이지 않고 배려심 없는 행동으로 모른 체 방관하기도 했다.

살면서 물질이든 시간이든 마음이든 조금도 손해보지 않으려 종종거렸지만 내 삶은 항상 구멍이 숭숭 나 있었다. 나는 불완전하고 불만족스러운 엄마 말고 따뜻하고 좋은 엄마가 되고 싶었다. 그 중요한 소임이야말로 완벽하게 실패했다. 가장 큰 빚을 진 것이다. 좋은 엄마가 되고 자랑스러운 엄마가 되겠다는 건 너무 거창한 희망이었는지 모른다. 이제 그 실패의 원인까지도 모두 껴안아야 하는 시간이 되었다.

세상의 모든 사람은 선택권 없이 태어났다. 그래서 사람은 내 마음대로 되는 것보다는 안 되는 것이 더 많은지도 모르겠다. 이제는 온갖 핑계를 대면서 빚을 늘리지 말고 빚을 갚아야 하는 시간이다. 남 탓으로 돌리느라 꽃 같은 시간을 허비하지 말자. 미리 연습할 수 없었던 편도 인생에서 되돌릴 수 없는 불가역적인 시간들이 흘러갔다. 한 번 지나가면 되돌아갈 수 없는 시간이 쌓이면서 이런 핑계 저런 변명을 잔뜩 껴안은 빚쟁이가 되었다.

이제 내게 남아 있는 시간을 죄다 모아놓고 그 시간을 촘촘히 바느질하고 싶다. 온갖 색실로 다정하고 따듯하게 고운 바느질로 기우고 어루만져서 아들의 상처를 덮어주고 싶다. 아들의 마음이 행복해져서 내 마음속에 가장 크게 박혀 있는 마음의 빚을 갚을 수 있다면 평생을 빚쟁이로 살아온 내 마음도 한결 위로되고 내게 남아 있는 시간도 한층 따듯하고 행복해질 것이다.

나는 소망한다. 아들과 함께 햇살이 비치는 따듯한 의자에서 아무런 근심 없이 도란도란 차를 마신다. 어여쁜 손주들이 방실거리며 넘어질 듯 달려오고 착한 며느리가 아이들을 부르며 걸어 나온다. 세상에서 제일 예쁜 딸은 웃음을 머금은 눈으로 폰 사진을 찍으면서 연신 말참견을 한다. 나는 처질 대로 처진 눈을 가늘게 뜨고 아이들에게 이런저런 잔소리를 늘어놓는다. 이런 평화로운 일상이 오는 그날 눈물 나게 웃어보기를, 꼭 그런 날이 오기를 간절히 기원해본다.

눈으로 하는
대화

사람의 말은 눈으로 하는 말, 행동으로 하는 말, 느낌으로 하는 말, 다양하고 많은 말들이 있다. 그중 가장 많이 사용되는 '입으로 하는 말'은 많이 하는 만큼 실수도 많이 한다. 가끔은 '내가 쓸데없는 말을 했나?' 스스로 자책도 하고 때로는 상대가 무심코 던진 말이 나에게 비수가 되어 꽂히기도 한다. 눈으로 웃지만 행동이 아니라고 말할 때도 있고 직접 말하지 않아도 눈으로 지그시 쓰다듬어 줄 때도 있다. 전화기 너머의 대화에도 반가운지 끊고 싶어 하는지 단박에 알 수 있다. 그래서 말은 천 냥 빚을 지기도 하고 갚기도 한다.

몇 년 전 요양병원의 요양보호사로 근무할 때였다. 명확하게 의사 표현을 못 하는 치매 걸린 할머니들도 자신을 쳐다보는 시선에서 모든 걸 읽어내고 있다는 것을 알았다. 콧줄을 한 할머니가 있었다. 수시로 콧줄을 잡아당겨서 빼버리니 하는 수 없이 양손을 묶어놓았다. 손이 묶여 있다 보니 혈액 순환이 안 되고 스스로 자세를 바꾸지 못하니 손이 늘 얼음처럼 차가웠다. 안타까운 마음에 손을 주물러주는데 애처로운 눈으로 쳐다보며 연신 눈동자를 굴린다. 가만히 보니 손을 풀어달라는 애원이었다. 팀장에게 가서 1시간 만 풀어주고 신경 쓰며 지켜보겠다고 허락을 받았다.

손을 풀어주고 주물러주는데 눈이 말하고 있었다. 고맙다고. 약속 시간이 지나고 할머니에게 눈 맞춤을 하며 설명하고 다시 묶었다. 다음 날도 아기처럼 낑낑대며 부탁하기에 또 풀어주었다. 오후에 간식 겸 회의를 하는 자리에서 남자 보호사가 "당신만 착한 줄 아냐? 콧줄 빠지면 당신이 책임질 거냐?" 난리를 쳤다. 아무 때나 풀어준 게 아니고 내가 잠시 틈이 날 때 주의해서 한 거였다. 그렇다 해도 기세가 등등한 목소리로 안 된단다. 콧줄이 빠지면 보호자를 호출해서 대학병원까지 가서 다시 끼워야 하는데 그러면 보호자가 싫어한다며 원칙만 고수한다.

오랫동안 근무하며 몸에 밴 능숙함으로 할머니들을 종잇장처럼 가볍게 잘 다루지만 기계적인 자세를 취할 뿐이었다. 아무런 감정 없이 단지 주어진 일이라는 듯 기저귀를 갈고 자세를 바꿔준다. 업무 처리가 완벽하니 팀장도 그 사람의 말에 동조했다. 어린아이나 노인 특히 치매 걸린 노인들은 눈으로 행동으로 손짓으로 대화하려 한다. 가슴 없이 행동하는 그 사람에게 할머니들의 그런 행동이 보일 리가 없다. 할머니들에게 대화를 시도하는 나를 냉소적으로 바라보던 그 사람에게 혼쭐이 난 후, 나는 할머니의 눈을 더는 볼 수 없었다. 그때 할머니가 애처롭게 눈으로 하던 말을 나는 지금도 잊을 수가 없다.

몇 년 전이었다. 춘천에 살면서 가끔 서울을 갈 때는 주로 승용차를 이용하는데 주차가 문제가 될 때는 대중교통을 이용하기도 한다. 어쩌다 생기는 일이니 서울 지리에 어둡다. 2호선에서 하차한 후 건대를 가기 위해 입구에서 지하철 노선도를 보며 다시 한 번 확인하고 서 있는데 옆에 있는 청년이 귀에 이어폰을 꽂은 채 나에게 자꾸만 레이저 눈빛을 보낸다. '왜 저러지?' 하고 서 있는데 한 번 더 눈빛 발사가 온다. '왜? 뭔데? 말을 해라.' 속으로 말을 하며 함께 눈빛을 발사하다가 '아하? 그거였구나! 지가 앞에 먼저 와서 섰으니 뒤로 가서 줄을 서시오.' 그거였다. 얼른 뒤로 가서 줄을 서면서 '이놈아, 아줌마가 잘 몰라서 그랬으면 제 뒤로 가서 줄을 서세요, 하면 되지 그렇게까지 눈빛을 쏘아대느냐? 에잇…'

이처럼 사람은 말과 행동으로 혹은 눈으로 무수히 대화한다. 무심코 내뱉은 나의 한마디는 상대에게 전달하는 나의 이미지다. 사람은 평생 누군가와 말을 한다. 마음으로 말하고 행동으로 말하지만, 눈으로 하는 대화가 가장 진실하다. 진심이 없으면 상대의 눈을 똑바로 보지 못한다. 눈으로 하는 대화는 거짓말을 하지 않는다. 누군가와 마주 보고 눈으로 하는 대화는 말보다 중요하다.

아줌마가
애국하기

가끔 TV에서 저장 강박증을 앓는 사람들 이야기가 나온다. 대부분이 할머니들이었다. 쓰지도 못할 쓰레기 같은 물건들을 잔뜩 쌓아놓고 자신은 최소한의 공간도 갖지 못한 채 살아간다. 참으로 딱하고 안타까운 일이었다.

올해 초부터 어쩐 일인지 매사에 의욕도 없고 우울했다. 뭘 해도 기분이 나아지지 않고 도무지 재미가 없었다. 우울증을 앓는다거나 그로 인해 변덕을 부리거나 화를 참지 못하는 사람들을 보면 자기 관리가 안 되는 사람이라 치부하고 자신의 감정을 추스르지 못하는 나약한 사람이라 판단하고 싫어했다. 그러던 나였는데 갑자기 눈물이 나는가 하면 내가 너무 싫어져서 화가 나기도 했다. 누구에게도 들키지 않게 앓느라 힘이 들어서 병원 문 앞까지 갔다 돌아온 적도 있었다.

어느 날 외출했다 집으로 들어서는데 집이 너무 초라한 것이 딱

203

내 모습을 보는 것 같았다. 집도 늙고 물건도 늙고 나도 늙고 모두가 다 늙고 초라했다. 갑자기 짜증이 확 밀려왔다. 베란다에는 빈화분들이 켜켜이 쌓여 있었다. 이 담에 큰 집을 짓고 이사 가면 그때 온갖 기화요초를 심어놓고 그림처럼 살아보리라는 다부진 꿈으로 모아둔 화분들이 발 디딜 틈이 없도록 채워져 있었다. 안방에는 갓 아줌마 적에 입던 작은 옷들을, 언젠간 꼭 입고 말겠다며 차곡차곡 보관해두고는 이렇게 오래된 아줌마가 되도록 입지 못한 채쌓여 있어 저장 공간 부족으로 몸살을 앓는다.

거실에는 나만큼이나 앤티크한 물건들이 앤틱 미를 뿜뿜 내뿜고 있었다. 나야말로 저장 강박증이 의심되었다. 다 버리고 깨끗이 정리하자 마음먹고 물건을 내다 버리는데 경비 아저씨가 다가오더니 화분들을 가리키며, 유리는 재활용이 되지만 항아리나 화분은 재활용이 되지 않으니 이렇게 버리면 안 된다고 했다. 비닐 포대를 주시며 잘게 깨어서 매립용 쓰레기봉투에 넣어서 버려야 한다면서 하얀색 쓰레기봉투는 타는 쓰레기이고 이건 타지 않기 때문에 파란색 매립용 쓰레기봉투에 넣어서 버려야 수거가 된다고 가르쳐주셨다.

부랴부랴 매립용 쓰레기봉투를 구매하여 쓰레기 분리수거함 옆에서 망치로 내려치는데 땀이 비 오듯 했다. 힘든 와중에 이렇게 깨어 부수며 스트레스를 해소하는 곳이 있다고 TV에 나오는 걸 본 기억이 났다. 남들은 돈 주고도 하는데 하며 속으로 웃었다. 열심히 부수고 있는데 12층 아줌마가 오더니 "무얼 하는 거냐?" 묻기에 "내 안에 있는 화와 싸우는 중인데 아줌마도 한번 해보실래요?" 물으니 웃으신다. 어마어마한 양의 쓰레기를 반나절에 걸쳐 내다 버리니 집안이 한결 훤해졌다. 나는 내다 버리니 좋은데, 날마다 쏟아져 나오는 쓰레기가 태산처럼 쌓여가는 이 땅이 걱정되었다. 필리핀으로 보낸 쓰레기가 되돌아와 국제 망신을 사고, 제주도에는 처리하지 못한 쓰레기가 하얀 비닐에 쌓인 채 거대한 산을 이루고 있다 한다. 유네스코에 등재될 정도로 아름다운 자연 유산이 쓰레기로 몸살을 앓고 있는 것이다.

　낙동강 상류인 경북 의성에는 쓰레기가 거대한 산을 이루었는데 그곳에 불이 붙어 이틀째 타고 있다는 뉴스가 지난 12월에 보도되었다. 처리 비용만 무려 100억 원이란 천문학적인 비용이 필요해서 지자체가 손을 놓고 있는 사이에 지역 주민들은 악취와 공해에 시달리고 있다는 후속 보도도 있었다. 온 나라 구석구석이 쓰레기로 골치를 앓고 있지만 뾰족한 대책이 없는 것도 사실이다. 이렇게 관리해서는 '아름다운 금수강산'이란 말이 무색할 것이다. 이번에 많은 쓰레기를 내다 버리면서 나 같은 아줌마가 애국하는 일은 쓰레기를 줄이는 것이 가장 쉽고도 분명한 애국일 거라는 생각이 들었다.

사람도 태어나면 언젠간 죽듯이 물건도 만들어지면 언젠간 그 수명을 다한다. 이번에 집을 정리하면서 어떤 물건을 구매할 때는 그 물건이 버려질 때를 생각해서 구매를 결정해야 한다는 것을 깨달았다. 요즈음은 만나는 사람마다 쓰레기를 줄여야 한다고 강조하는 애국 아줌마가 되었다. 쓰레기를 버리고 관리하는 우리 아줌마들이 가장 확실하게 실천할 수 있는 최고의 애국은 쓰레기 줄이기다. 최소의 행동으로 최고의 가치를 찾는 쓰레기 줄이기로 우리 모두 다 함께 애국해요!

삼악산
케이블카

삼악산에 케이블카가 생겼다. TV에 화면 가득히 줄지어 늘어선 인파로 북새통을 이루는 장면과 함께 지역 소식을 전하는 아나운서의 목소리에도 활기가 넘쳤다. 10월 초에 개장한 케이블카는 호수를 가로질러 가는 것으로 지역이 가진 장점을 최대한 활용했다. 우리 지역이 자랑하는 명산에 국내 최장 거리인 3.6km의 케이블카가 설치되었다니 장관일 것이다. 운동을 싫어하는 딸과 남동생의 아들을 데리고 혼자 보기 아깝다며 끌고 올라가던 산이었다. 언니네 딸들에게 서울에선 볼 수 없는 경치라며 데리고 가서 자랑하던 곳이었다.

방송을 보면서 내가 삼악산에 반한 17년 전 그날의 기억이 떠올랐다. 삼악산을 처음 오르던 그날! 나는 40대 중반이었다. 춘천에 살기 시작하고 15년이 넘은 어느 날, 집을 나와 무작정 간 곳이 삼악산이었다. 언젠간 가봐야지 생각하면서 365일을 하루도 쉬지 않고 식당을 운영하느라 엄두도 못 내던 곳이었다. 남편으로 인해 마음이 산산조각이 나던 어느 날 아침, 어디를 가겠다는 계획도 없이 무작정 집을 나왔다. 아침부터 갈 곳도 없이 나와 무턱대고 삼악산을 찾아 올라간 나의 차림새는 등산에 적당한 차림새도 아니었다. 운동화에 청바지를 입고 배낭도 없이 숄더백을 하나 걸친 게 다였다.

의암 매표소에서 올라가기 시작하면서 처음부터 시작되는 깔딱고개를 헉헉대며 올라가다가 작은 산장을 지나면서 잠시 아래를 내려다보았다. 그림처럼 펼쳐진 호수에 넋을 잃고 아래를 굽어보니 세상이 그렇게 평화로울 수가 있을까? 밤새 내 속에서 요동치던 화도 어떤 대상을 향한 미움도 희석이 되는 느낌이었다. 그 순간 삼악산이 거기 있는 것이, 내가 지금 여기에 있는 것이, 누군가의 의지가 아니고 이미 정해진, 이미 만들어진 그런 일이었다는 생각이 들 만큼 아름답고 평화로웠다. 그래 아무것도 되돌릴 수 없다면 모두 받아들이자.

다시 일어서서 등산을 시작했다. 상원사를 지나고 까마득한 계단이 시작되었다. 뒤를 돌아보니 사람이 그릴 수 없는 절경이었다. 얼마를 올랐을까? 목이 말랐다. 난생처음 하는 등산에 아무런 준비 없이 찢어지고 너덜너덜해진 마음만 안고 무턱대고 오른 산이다 보니 물조차 준비하지 않은 채 올라간 길이었다. 세상 다시 없는 절경도 그 순간부터 소용이 없었다. 물, 물이 필요했다. 한 모금의 물이 절실했다. 흘러넘치던 물이, 그 물이 이 순간 가장 필요한 물질이고 가장 귀한 물질이 되었다. 끓어 넘치는 감정에 몰두해서 준비 없이 나선 대가를 치르는 중이었다.

그래 이것도 어차피 피할 수 없는 일이구나 마음먹고 묵묵히 오르는데 바위를 타고 오르는 길이 나타났다. 등산화가 아니다 보니 발이 미끄럽고 힘들었다. 얼마를 갔을까? 바위에 앉아 곡차를 마시는 일행이 있었다. 조심스레 옆으로 가서 물을 한잔 얻어 마시고 싶다 부탁하니 흔쾌히 허락하고 막걸리도 한 사발 따라주었다. 나의 차림새가 등산복도 아니고 동네 마실 차림새다 보니 어딘가 이상해 보였을 것이다. 얼마 안 가 정상이 나올 거라며 생수 한 병을 나눠주었다. 生水를 얻은 것이다.

산 사람들과 이별하고 길을 재촉해서 드디어 정상에 올랐다. 정상에서 점점이 떠 있는 붕어섬을 보며 눈물과 땀이 함께 쏟아졌다. '세상이 이렇게 아름다우니 저 아래에 처박혀 있는 내 마음을 위로 건져 올려야지.' 그건 아무도 대신할 수 없는 나만이 할 수 있는 일이었다. 이토록 힘든 길을 오르고 나니 '이처럼 아름다운 세상이 열렸구나? 아직 열리지 않은 세상이 남아 있으니 열심히 견디고 참아보자. 언젠가 오늘 이날을 생각하며 우리네 인생만큼이나 힘든 산이었다. 그 힘든 걸 내가 해냈다. 큰소리쳐야지.' 생각하니 힘이 났다.

정상에 앉아 이런저런 생각을 하다 목마름에서 살려준 물 한 모금이 생각났다. 스님들이 마을을 돌며 탁발을 하면 수많은 사람을 만난다. 만나는 사람들을 상대로 도를 닦고 참선을 할 것이다. 우리 삶도 그와 같지 않을까? 수많은 사람을 만나고 헤어지고 마음을 주고받으면서 상처받고 상처 주고 기쁘고 슬프고 이런저런 마음은 결국 스스로 도를 닦게 만든다. 탁발로 얻어 마신 물 한 모금 막걸리 한 사발이 그날의 나를 살렸다. 사람들의 인생도 결국 서로서로 탁발로 돕고 탁발로 의지하며 살아가는 삶이다. 그 탁발이 오늘날 봉사로 아름다운 기부로 이웃돕기로 이어지는 것이구나 생각하며 하산길에 올랐다.

하산길에 소나무 아래 펼쳐진 바위가 있었다. 절벽에 붙은 소나무는 그 자태가 황홀했다. 평지에 붙은 소나무는 밋밋한데 바위나 절벽에 힘들게 버틴 소나무들은 한층 멋이 넘친다. 등산길에 마주친 나무들도 평지에 붙은 것보다 바위에 붙은 나무들이 더 멋있었다. 바람을 온몸으로 맞으면서 가지가 휘어지고 살아내고자 버티는 중에 나무에 그 기상이 배어든다. 사람도 타고난 좋은 환경에서 아무런 풍파 없이 곱게만 자란 사람은 깊이가 없다. 모진 인고의 세월을 겪어내고 아픔이 옹이처럼 박히면서 멋이 든다. 나도 그런 사람이 되고 싶다.

콧노래가 나왔다. 발걸음도 가볍고 마음도 가벼웠다. 내 안의 화를 비워내니 몸도 마음도 가벼워진 것이다. 스스로 비워내지 못할 마음을 자연이 도와준 것이고 산 사람들이 기꺼이 나눠준 인심이 도와준 것이다. 이제 저 아래 세상으로 내려가서 다시 붙어볼 배짱이 생겼다. 옹이가 생기고 상처에 새살이 굳으면서 단단해질 것이다. 어차피 나는 화초가 아니었다. 화초는 뽑히면 죽어버리는 연약한 식물이지만 뽑아서 던져도 다시 살아나는 잡초, 그게 나였다. 누구 때문에 죽고 사는 건 이제 하지 않기로 했다.

그 옛날 관심법으로 사람들을 불안에 떨게 하고 공포 정치를 이어가다 왕건에게 패한 궁예가 지었다는 흥국사가 나왔다. 조그만 암자였다. 흥국사란 절을 짓고 나라를 다시 일으키려 했지만, 심복에게 배신당하고 도피하던 중 백성들에게 맞아 죽었다는 태봉국의 왕 궁예, 그의 비참한 마지막이 그려졌다. 그가 원한 마지막, 그가 꿈꾸던 마지막은 어떤 것이었을까? 역사 이래 많은 왕이 있었지만 자신이 이루고자 한 것을 모두 이루었다 하며 만족스럽게 떠난 왕이 있었을까? 흥국사를 돌아보며 나의 마지막 길에는 후회가 남지 않는 삶을 살아야지 생각했다.

등선폭포로 하산하는 길은 누군가가 나를 위해 만들어준 선물 같았다. '이렇게 아름다운 자연이 숨어 있는 것을 모르고 날마다 죽어라 일만 했구나.' 억울한 마음도 들었다. 하루쯤 내팽개쳐도 될 것을 그렇게 애면글면 끌어안고 있었다니 웃음이 나왔다. 날마다 식당 주방에서 밀려드는 일에 지쳐만 가던 나였다. 남편의 참을 수 없는 행동으로 시작된 하루의 일탈이 나에게 이런 선물을 하다니 스스로 대견했다. 일을 못 한 시간만큼 돈을 버렸지만 더 값진 걸 얻었다. 세상의 모든 풀과 꽃, 나무들도 나를 위해 춤추는 것 같았다.

내려오다 만난 폭포에서 떨어지는 물줄기를 보면서 생각했다. 떨어지기만 하는 절대 거슬러 되돌아갈 수 없는 물줄기 같은 것이 삶인데 지나간 것에 안타까워하고 후회하는 것은 소용없는 마음 소비였구나. 이제 지나간 것에 너무 많은 의미를 부여하지 말자. 내가 어찌할 수 없이 지나간 것들이고 그때나 지금이나 어차피 내가 할 수 있는 일들은 아무것도 없었으니 이제 앞으로의 일만 생각하자. 내가 할 수 있는 일에 최선을 다하자. 등선폭포로 들어서는 길에 마지막 비경을 보면서 나를 위해 무얼 해본 적이 있었던가 생각해봤다. 그동안 일에 치여서 하루가 어떻게 가는지 모르고 정신없이 살았지만, 오늘 하루는 온전히 내 삶에 집중하는, 나를 위하는 하루였다는 생각이 들었다. 사람이 명상하는 것도 자신을 돌아보고 생각을 정리하기 위해서일 것이다. 그런 이유에서 그날은 제대로 나를 돌아보고 정리하는 최고의 시간을 가진 것이었다. 산행하면서 명상도 하여보았고 탁발도 하여보았다. 자연이 안겨주는 품에 나를 뉘고 신선이 되어보니 마음도 넓어졌다.

등선폭포에 자리한 식당들이 풍기는 음식 냄새에 갑자기 허기가 밀려왔다. 자리하고 앉아서 빈대떡과 막걸리를 주문하고 한잔 시원하게 들이켰다. 많은 사람이 떼로 앉아 권커니 잣거니 먹고 마시고 떠드는 중에 혼자 앉아 호기롭게 마시는 나를 흘긋대는 시선도 있었지만, 아랑곳하지 않고 혼자 즐겼다. 나는 신선이니까! 이 신선 놀이가 끝나면 다시 치열한 삶의 현장으로 복귀할 것이다. 곡차와 버무려 먹은 빈대떡 한 접시가 세상의 풍요를 불러왔다. 두둑하니 배부르고 기분 좋게 취한 몸을 버스에 싣고 칠전동을 들어서며 저 멀리 삼악산과 이별했다.

그렇게 시작된 산행이 전국 명산을 찾아다니면서 십수 년을 이어 오다가 지금 몇 년째 멈춰 있다. 삼악산을 언제 가볼까? 다리가 괜찮을까? 걱정하던 중에 반가운 소식이 들렸다. 삼악산에 케이블카가 생겼다는 소식이었다. 물론 한 발 한 발 오르는 묘미는 없겠지만 호수를 가로지르며 의암호와 중도를 조망하는 경치는 또 다른 눈 호강을 시켜줄 것이다. 20여 년 전, 날마다 삼악산을 오르는 사람들이 몇 명 있었는데 지금 그분들은 여전히 산을 오르는지 아니면 예전처럼 산행이 수월하지 못했다가 이런 소식에 나처럼 반가웠는지 문득 궁금해졌다.

한 달 동안 지역민에게 할인 행사를 한다니 내일은 타러 가야겠다고 생각하며 잠자리에 들었다. 다음 날 아침 일찍 서둘러 도착하고 드디어 탑승했다. 공중 높이 뜬 케이블카가 출발하고 산으로 올라가며 보던 한정된 시야가 아닌 광활한 호수가 펼쳐졌다. 그런데 감탄사가 나오기도 전에 그 넓은 붕어섬 전체가 태양광 발전 시설로 덮여 있는 것이 눈에 들어왔다. 삼악산 정상에서 보기에도 별로였는데 케이블카 안에서 가까이 보니 시야가 확대되어서 더 보기 싫었다. 태양광 집열판이 설치되기 전 호수를 둘러싼 아름다운 자연 풍광을 기억하는 나는 복판에 흉물처럼 자리한 붕어섬 전체의 태양광은 옥에 티로 보였다.

삼천동과 서면에 붕어섬을 통과하는 다리가 놓이던가, 배편이 생기고 그 섬 안에 오밀조밀한 동화 나라가 있었다면 얼마나 볼만했을까? 차라리 마을이 형성되어 있던가 혹은 조경과 함께 지역 특색에 맞는 호수를 연계한 관광단지가 있었다면 보는 재미가 더 했을 것인데 아쉬웠다. 물론 엄청난 예산이 들겠지만, 어차피 관광지로 개발을 한 것이니 볼거리를 제공하려면 여행자들의 눈높이는 맞춰야 하지 않을까? 충분히 형성되어 있는 자연환경을 제대로 활용하지 못한 것 같아서 안타까운 마음이 들었다. 의암댐과 서면을 양쪽으로 놓고 이어진 광활한 호수 위로 미끄러져 올라갈 때는 춘천이 호수의 도시라는 것이 실감 났다.

소양호와 의암호, 춘천호까지 세 개의 호수는 춘천 호반에 모여 의암댐을 거쳐 북한강으로 흘러간다. 수도권의 젖줄인 탓에 규제에 묶여 개발이 안 된다는 불만도 많았었다. 중국 친트 그룹 한국 법인 자회사인 솔라 파크는 붕어섬에 태양광 패널을 시공해놓고 연간 30억 원이 넘는 이윤을 남기고 있다고 한다. 30만㎡의 부지를 제공하고 시가 받는 것은 이윤의 4.3%라고 하였다. 1년에 겨우 1억 4천만 원이라는데 여러모로 아쉬운 생각이 드는 대목이다. 나의 숨겨진 보물 같은 곳인 삼악산의 조망권이 훼손당한 느낌이 드니 어이하리.

중간에 기둥을 통과하고 점점 높이 올라 드디어 정상에 도착했다. 2층과 3층으로 구분 지어진 전망대가 있었다. 전망대에서 등산로로 연결이 되지 않아서 한정된 공간인 전망대에서 아래를 내려다보다가 다시 회차해서 내려왔다. 내년에 등산로를 연결해서 마무리한다지만 현재로는 매우 아쉬웠다. 등산로를 연결해놓았다면 편도로 올라갔다가 쉬엄쉬엄 내려오면서 공중에서 보는 것과 또 다른 경치를 즐길 수 있을 것이다. 등선폭포로 하산한다면 산중의 미라 일컬어지는 비경을 보는 알찬 구경이 될 수 있을 것이다. 올라가면서 본 호수 위의 전망과 좁은 전망대에서 본 걸로 끝이라면 아쉬움을 느끼는 사람들이 많을 것이다.

　아직 개장한 지 얼마 안 되어 부족한 점이 보인다. 문제점들을 보완하면서 관광지로 활성화가 되어 지역의 경제 성장에 동력이 된다면 참으로 좋겠다. 삼악산이란 명산을 품고 있고 아름다운 호수가 있는 장점을 최대한 살려서 케이블카의 효과를 극대화할 수 있는 또 다른 관광 상품도 개발하면 좋겠다. 산업 시설이 없는 춘천에서 지역민과 함께 성장할 수 있는 관광 산업과 춘천의 미래를 기대해 본다.

잘하고
싶다

요즘 들어 점점 말하기가 어렵다. 너무 많아도 탈, 없어도 탈인 것이 말이다. 인간이 하는 행위 중에 가장 쉽기도 하고 가장 어렵기도 한 말, 누군가와 수없이 나누어온 말이건만 참으로 쉽지 않다. 어느 날은 저녁에 일과를 마치고 잠자리에 들기 전 곰곰이 생각해보면 '쓸데없는 말을 참 많이도 했구나.' 하는 생각으로 후회가 밀려올 때가 있다. 또 어떤 날은 '이런 바보 같으니. 이러이러한 것이라고 왜 당당히 말하지 못하고 그저 잠자코 있었을까?' 하는 아쉬움이 들 때도 있다.

잘 듣는 것 역시 말하기만큼 어렵다. 말한 사람은 그런 뜻이 아니었는데 듣기에 따라 해석을 달리하면 내 마음이 요술을 부린다. 감정이란 것이 느낌은 있지만 볼 수 없으니 확인할 수가 없다. 뇌의 어떤 구조가 어떻게 작용하는지 모르지만, 누군가의 말 한마디로 기쁘기도 하고 두고두고 상처에서 벗어나지 못해 평생 트라우마로 남기도 한다. 누군가의 입에서 나온 말이 나의 뇌를 거쳐 심장을 통과할 때 기쁘고 슬픈 감정을 만드는 걸 보면 말은 인간이 하는 중요한 교감의 수단이다.

잘 듣고 잘 말하기, 평생을 해온 것이지만 여전히 어렵다. 오래전 법정 스님께서 온종일 말을 해도 전혀 수다스럽지 않은 사람이 있고 잠깐 말을 해도 시끄러운 사람이 있다고 했던 말이 기억난다. 나는 어떤 사람일까? 아줌마들이 흔히 하는 말 중에 "내가 몇 살로 보여요?"가 있다. 대놓고 묻는 경우 대놓고 깎아준다. 돈이 드는 것도 아니고 책임을 져야 하는 약속도 아니니 대충 3~5세쯤 낮춰서 대답하면 하는 사람 기분 좋고 듣는 사람 좋으니 그걸로 된 거다. 문제는 이런 가벼운 대화가 아니라 누군가에게 내 감정을 전달할 때다. 내 감정을 배제하고 꼭 필요한 말만 전달하는 것이 대화의 기술이다. 그보다 더 고급 기술은 하고 싶다고 목구멍까지 올라오는 말을 삭히는 것인데, 고난도의 기술이다.

6월 25일. 1박 2일로 부산 여행을 가느라 집을 비웠다. 토요일 새벽에 나갔다가 일요일 밤늦게 집으로 돌아와 여행 가방을 들고 남편과 함께 엘리베이터 앞에 섰다. 승강기 버튼을 누르려는데 누군가 흙 묻은 운동화 발로 눌러놓았다. 운동화 자국이 선명하게 새

겨져 있는 엘리베이터를 들어가니 닫힘 버튼에도 역시 같은 자국이 나 있었다. 층수를 누르는 곳은 발로 할 수 없으니 자국이 없었다. 순간 불쾌한 생각이 들면서 화가 났다. 다른 사람들이 손으로 누르는 걸 발로 눌러서 흙을 묻혀 더럽혀놓은 것이 아무리 생각해도 괘씸했다.

일부러 닦지 않고 두었다. 누른 사람이 보라고. 다음 날 낮에 외출하려는데 그때까지 남아 있더니 외출에서 돌아오는 초저녁까지 그대로 남아 있었다. 우리 집은 1층이 상가이고 2층과 3층은 원룸과 투룸 그리고 4층에 나까지 7가구가 산다. 집으로 돌아와 아주 정중하고 예의 바르게 "모두 함께 쓰는 엘리베이터를 흙 묻은 운동화로 밟으시면 곤란합니다. 혹시 주인아줌마에게 불만이 있으시면 저에게 전화나 문자를 부탁드립니다."라고 써서 엘리베이터 안에 붙여놓았다. 몇 시간 후 자꾸 마음이 불편했다. 물걸레를 가지고 나가서 안과 밖을 깨끗이 닦고 써 붙인 걸 떼어냈다. 그리고 들어왔더니 오히려 마음이 개운했다.

며칠 후 서울서 직장 생활을 하는 딸이 왔길래 그런 이야기를 하면서 흙 묻은 엘리베이터를 보고 마음이 안 좋았는데 써 붙이고 나니 마음이 더 안 좋더라. 차라리 떼고 나니 마음이 편하더라고 말하니 딸이 나를 쳐다보며 웃더니 "해도 불편하고 안 해도 불편할 땐 차라리 하지 마요. 그럼 한 사람만 불편하면 되잖아?" 한다. "어이구, 언제 이렇게 다 컸냐? 이젠 완전한 어른일세. 오늘은 네가 내 엄마다." 하며 함께 웃었다. 나이가 스승인 줄 알았는데… 오늘은 그냥 꼰대였다.

청기와
집

　우중에 궁궐 구경을 가려고 집을 나섰다. 나이 드신 분들이 많은 데다 비까지 오락가락하니 걱정이 앞섰다. 얼마 전 다쳐 수술한 팔에 깁스를 풀지 말라는 의사 선생에게 사정사정해서 대신 장착하기로 한 보조대를 끼다가 '누가 누굴 걱정하는 거냐?' 피식 웃음이 나왔다.

　때마침 비가 멎고 그곳에 도착했다. 길게 늘어선 인파를 보면서 그곳을 나처럼 궁금해하는 사람이 많다는 걸 알았다. 권력의 중심에서 나라의 흥망성쇠를 결정하던 곳, 출입 금지 구역으로 신성불가침이었던 곳이었다. 무려 70여 년 동안 주인이 바뀌고 바뀌던 그곳을 들어서며 묘한 기분에 휩싸였다. 잘 가꾸어진 넓은 정원과 식물들을 보면서 제일 먼저 도착한 곳은 청색 지붕의 본관이었다. 대통령 집무실과 영부인 집무실을 지나 돌아 나오면서 그곳을 거쳐 간 전직 대통령들이 이곳을 떠날 때의 마음을 헤아려보았다.

무슨 마음이었을까? 주어진 권력을 공정하고 정의롭게 한 치의 부끄러움도 없이 행사하고 아무런 후회 없이 가벼운 마음으로 웃으며 나올 수 있었던 대통령은 누구였을까? '이 나라의 천하제일이 나다. 내가 하면 못 할 것이 없다.'라는 오만과 독선으로 수많은 사람의 삶을 쥐고 흔들며 자신의 이득만 취한 사람도 있고, 잘해보려 애를 썼지만 정치라는 괴물 앞에 대의명분을 버리고 당리당략을 따른 사람도 있을 것이다. 공과 사를 구분하느냐, 보은의 정치를 하느냐는 개인의 선택이지만 그 선택은 국민의 삶과 직결된다.

한때 최고 권력자였다는 오만으로 끝내 자신의 잘못을 인정할 수 없는 감정의 오류는 타인은 속일 수 있을지언정 자신만은 속이지 못한다. 잘못된 신념으로 잘못된 판단을 했지만, 자신의 잘못을 인정하며 죽기 전 미안하다는 말을 전한 전직 대통령도 그런 이유일 것이다. 죽음은 허다한 모든 죄를 덮는다지만, 끝내 용서를 구하지 않은 채 떠나버린 사람도 있다. 퇴임 후 교도소를 가야 했던 불행한 전직 대통령들과 고인이 되신 분들이 그곳에 사진으로 남아 있었다. 씁쓸한 마음으로 그곳을 나와 정원의 소나무가 멋진 자태를 뽐내는 관저로 향했다.

내가 태어나 보니 그분은 대통령이었다. 사춘기를 거쳐 꽃다운 스물이 될 때까지 그분은 대통령이었다. 학교에 가도 그분이 있었고 관공서 어느 곳을 가도 그분이 있었다. 어려서부터 세뇌가 되어서인지 그것은 너무나 당연했고 대통령은 오직 그분만 있는 줄 알던 시골 계집아이였다. 그때에는 뉴스 시간이면 대통령의 가족들이 종종 TV 화면에 등장했었다. 활짝 웃는 대통령 내외와 레이스 달린 양말에 구두를 신고 원피스를 찰랑거리며 웃는 자매가 있었다. 조끼에 반바지를 잘 차려입은 귀공자까지 삼 남매가 푸른 잔디밭을 뛰어다니던 그림 같은 풍경을 볼 때면 어린 나는 가슴 뛰게 부러웠다. 그 잔디밭을 하염없이 바라보자니 그때의 기억이 안개처럼 뭉게뭉게 피어올랐다.

　잔디밭은 예나 지금이나 그대로 푸르른데 열린 창문으로 들여다보는 관저는 휑하니 크기만 했다. 이 공간에서 전직 대통령의 식구들이 밥을 먹고 차를 마시고 일상을 나누었구나! 공간이 사람에게 미치는 영향은 지대하다. 절이나 교회에 가면 조용하고 엄숙해지는 마음도 공간이 주는 느낌이다. 하루의 일과를 마치고 조용히 휴식을 취하는 공간이 주는 안정감은 누구에게나 중요하다. 그 공간을 가장 오래 머물렀고 가장 긴 재임 기간으로 우리의 역사에 지

대한 영향을 미친 대통령은 누가 뭐래도 그분이었다.

어려서 가족과 함께 살던 그 집에서 가족이 해체되고 34년 만에 그 집에 다시 들어갔지만, 파면이라는 전대미문의 전직 대통령이 되어 그곳을 떠나온 사람, 어린 내가 부러워 마지않던 그 사람도 이젠 초로의 여인이 되었다. 이제는 아무것도 부럽지 않은 나이가 되어 문이 활짝 열린 대궐을 바라보며 내가 태어난 나라의 역사와 그 역사가 지금까지 나에게 미친 영향을 생각해보았다.

자신의 지나친 욕심으로 해외로 망명하거나 부하 직원의 손에 죽거나 퇴임 후 교도소를 들락거리는 전직 대통령들의 역사를 우리 모두가 안다. 최근의 대통령조차도 욕심을 버리지 못해 같은 역사를 쓰고 있다. 이 대궐을 버리고 용산 시대를 택한 대통령께 바란다. 새로운 곳에서는 부디 같은 역사를 쓰지 마시라고, 지금까지 기록된 대한민국 대통령의 치욕스러운 역사는 이곳에 모두 묻고 오직 국민의 편에서 정의로운 선택으로 기록되는 대통령이 되시라고 꼭 당부드리고 싶다.

앞으로 살아나갈 젊은이들이 내 나이가 되어 대한민국의 역사와 집권자가 나에게 미친 영향을 생각하며 깊이 감사하고 존경하는 참된 정치를 펼쳐 나갔으면 좋겠다. 사랑을 받은 사람이 사랑을 줄 줄 알 듯 좋은 정치를 보고 자란 세대가 좋은 정치를 하고 좋은 나라를 건설할 것이라 믿는다. 모략과 술수로 대중을 기만하는 못된 정치를 학습하는 젊은 정치인이 더는 발붙이지 못하길 바란다. 위장 탈당으로 정족수를 채우는 비열함, 야합으로 위성정당을 만드는 꼼수 정치는 이제 모두 버리자.

새로운 장소에서 새롭게 태어난 대한민국은 전직 대통령의 취임사처럼 과정은 정의롭고 결과는 공평하길 바란다. 공정과 정의를 화두로 내세운 새로운 대통령이 지난 대통령처럼 말로만 끝나는지 기필코 실천하는지는 일억 개의 눈이 지켜보고 있다는 것을 기억하시라. 다시 쓰는 대한민국의 역사는 바른 정치로 젊은이들의 꿈과 미래를 담보해주길, 젊은이들이 마음껏 자신의 희망을 노래하길 바라면서 내 어릴 적 꿈의 궁전이던 그곳을 천천히 걸어 나왔다.

5부

쌈장의
비밀

세대
차이

딸이 취업했다. 회사가 종로 3가에 있으니 방을 얻어주어야 하는
데 촌 아줌마가 마음이 급했다. 지하철 노선도를 컴퓨터에 켜놓고
용산쯤을 가르치니 딸은 신길을 찍는다. 1호선과 5호선이 있는 이
중 역세권이고 친구들이 둘이 있단다. 신길역 1호선 근처에 오피스
텔을 구해놓고 차에 한가득 이삿짐을 싣고 고속도로를 달리면서
얼마 전 지인에게 들은 이야기가 자꾸 떠올랐다.

대학을 졸업하고 취업에 성공한 딸에게 원룸을 얻어주었단다.
청주에서 치러지는 친척의 결혼식에 가면서 딸에게 줄 반찬을 들
고 아침 7시에 남편과 같이 들렀는데 딸이 안에서 문도 안 열어주
고 그냥 가라고 하더란다. 결국 딸의 얼굴도 못 보고 돌아왔고 일
주일째 서로 연락을 안 하고 있다 했다. 안에 있었던 누군가의 존재
가 궁금하고 답답하지만 무슨 이야기로 어떻게 수습해야 할지 모
르겠다며 한숨을 내쉬는 그녀의 얼굴에 깃들던 낭패감이 남의 일
같지 않았다. "너는 어떻게 생각하나?" 물었더니 잠시 생각에 잠긴

딸이 대답했다.

　미리 연락하고 갔어야 한다면서 방문하기 전에 미리 약속하고 가야 맞는 것이고 엄마의 표현처럼 그게 혼날 일은 아니란다. "지금은 30대 40대까지 결혼을 안 하는 비혼이 무지하게 많은데 그럼 그 사람들은 아무것도 못 하나요?" 한다. 이론은 맞는데 마음이 불편해졌다. 딸의 친구 중에는 모태 신앙을 가진 천주교 신자도 있고 독실한 기독교 신자도 있는데 그 친구들과 가끔 이야기한단다. 자기들이 어려서 배운 성서나 성경에는 그걸 죄악시해놓았는데 현실 세계에서는 오감으로 많은 것을 접하면서 너무 다른 괴리감에 매우 혼란스러워한다는 이야기였다.

　이해는 간다. 성경이 쓰인 지 천 년도 넘었으니 지금의 현실과는 엄청난 차이가 있을 것이다. 모녀 사이의 세대 차이를 떠나서 딸에게 당부했다. "어떤 사람과의 관계가 발전하기 전에 그 사람에 대해서 많은 검증을 해야 하고 믿고 신뢰할 수 있는 사람인지 그런 관계가 되어도 괜찮을 정도로 몸도 마음도 건강한지 관계가 깨졌을 때 곤란한 문제가 생기지 않도록 적절한 대비는 했는지 충분한 시간을 두고 상대를 파악해라." 노파심 가득 담은 말로 당부하면서 엄마가 끼어들 여지가 예전보다 작아진 현실을 인정했다.

요즘은 거리에서 서로 껴안고 입맞춤까지 예사로 하는 젊은이들이 많다. 예전엔 상상도 못 했던 일이다. 몇 해 전 노을이 지는 저녁에 아는 언니와 거리를 걷는데 그런 젊은이들과 맞닥뜨렸다. 함께 가던 언니가 들으라는 듯 화를 내며 구시렁대기에 그러지 말라고 했다. "자식 키우는 사람은 입찬소리하면 안 돼요. 나는 우리 딸이 대학 가고 남친이 생겼다길래 저런 형상이 보이면 우선 멀리서 실루엣으로 확인부터 해봐요. 혹시나 그럴 리는 없겠지만 자식을 다 아는 건 아니니까." 했더니 그건 맞는다면서 고개를 끄덕였다. 자식을 둔 부모들이 이런 문제에서 벗어날 수 있는 사람은 아무도 없을 것이다.

내가 70대나 80대하고 대화를 하면서 세대 차이를 느끼듯 우리 딸도 그리고 30대나 40대들도 나하고 대화를 한다면 똑같은 감정을 느꼈을 거란 생각이 들었다. 젊었을 때는 스스로 이해의 폭이 넓다고 생각했었다. 40대를 지나면서부터 빠르게 발전하는 것들을 따라잡느라 늘 숨이 찼다. 기계가 발전하고 모든 환경과 문화가 발전하고 젊은이들의 사고는 하루가 다르게 바뀌어간다. 모든 분야에서 아는 것보다는 모르는 게 많아지고 사고는 젊은 날의 나를 반영하느라 늘 제자리를 맴돈다. 움츠리는 사고를 벗어나자면서도 나는 또 딸에게 당부한다. 딸아 밤길 조심하렴! 남자도 조심하렴!

샤머니즘에
대하여

얼마 전 우연히 만난 분들과의 대화 중에 신앙에 관한 이야기가 나왔다. 인류의 신앙 중에 가장 오래된 토착 신앙인 샤머니즘에 대해 이런저런 이야기를 하는데 믿느냐 안 믿느냐의 개인적인 생각에 이르러서 나는 할 말이 많았다. 1991년 어느 날, 어머니가 나에게 종이 뭉치를 주면서 우리 집 안방 장롱 맨 아래 서랍에 보관해놓으라 했다. 부적이었다. 내가 화를 내자 무려 50만 원짜리라고 하면서 "내가 오죽하면 이걸 했겠냐?" 하며 어머니가 깊은 한숨을 쉬셨다. 나도 한숨이 나왔다.

2009년 시내의 아파트에 사시던 어머니가 산 밑의 조양리로 집을 짓고 이사를 하셨다. 인가도 없는 외딴곳에 덩그러니 들어선 집 위에 절이 하나 있었다. 어머니 집을 방문할 때마다 그 절의 주지인 아주머니가 늘 함께 있었다. 산 중턱에 집 한 채와 절이 한 채 딱 둘뿐이니 그러려니 했다. 어느 날은 신도들이 가져다준 쌀이 너무 많아서 떡이나 해 먹으라고 갖다주었다며 자랑삼아 내어 보이기도 했다. 그렇게 1년 가까이 어머니 집에 들를 때마다 있던 주지 아주머니가 어느 날부턴가 보이지 않았다. 지나는 말로 "절집 아주머니는 이제 안 오는 거냐?" 묻자 얼버무리며 혼잣말로 딴청을 하시기에 그냥 무심히 지나쳤다.

2014년 충북 음성에 있는 할아버지와 할머니의 파묘를 하러 가느라 대가족이 길을 나섰는데 이런저런 이야기를 하다가 어머니가 하는 말이 자식들 때문에 돈을 억수로 썼는데 어느 놈이 알아주겠냐며 넋두리를 하신다. "무슨 말이냐?" 묻는 내 말을 애써 피하더니 운을 뗐다. 연정사 주지 아주머니가 산 밑에 혼자 자기 무섭다며 출퇴근을 했는데 어느 날 어머니에게 하룻밤을 재워달라 하더란다. 그러자며 함께 자는데 한밤중에 일어나더니 "쉭 쉭 소리 들리지요?" 하며 어머니에게 돌아가신 아버지를 거론하더란다. 다음 날은 자기네 절에 가서 같이 자자고 하더니 아이고 아무래도 안 되겠다고 돌아가신 분 길을 갈라줘야지 안 그러면 큰일 나겠다며 150만 원을 요구하더란다. 그다음엔 3대 독자인 아들을 거론하며 이러저러하니 해야 한다고 해서 또 얼마를 주었단다. 당시에 큰언니가 매우 아팠었다. 큰언니를 어떻게 해주지 않으면 올해를 못 넘긴다 해서 다시 얼마를 주었다고 했다. 자식들을 돌아가며 모두 우려먹고 마지막이 나였다. 춘천에서 건드릴 수 없는 대단한 권력자와 셋째 딸이 바람이 나게 생겼는데 그걸 막는 액막이굿이라며 얼마라고 해서 또 주었다 했다.

대략 사백만 원 이상의 돈을 갖다 바친 것이다. 너무나 황당하고 어이가 없었다. 이미 1977년에 돌아가신 아버지를 시작으로 어머니의 직계를 모두 한 번씩 이용한 수법이 놀라웠다. 그 아주머니가 반년 가까이 매일 어머니 집을 놀러 가서 어머니와의 수다로 온갖 정보를 다 얻어들었고 그걸 이리저리 꿰맞추어서 자식들이 안 좋다며 협박 아닌 협박을 한 것에 어머니가 농락당한 것이었다. 얻어낼 것을 다 얻어내고는 발길을 끊은 것이다. 게다가 아버지 길을 갈라준다고 할 때는 음식 몇 가지를 차려놓고 어머니가 참석해서 보았지만 그다음부터는 돈만 주고 참석조차 하지 못했다니 진짜로 음식을 준비했는지 무얼 했는지조차도 보지 못했다고 하였다.

마음 같아서는 당장 고소하고 싶었지만 이미 3년이 넘었고 산 밑에 인가도 없이 달랑 집 한 채인 어머니의 신변에도 안 좋을 것 같아서 그냥 넘겼다. 믿는다는 것은 대체 무엇인가? 나약한 인간이 무엇인가에 기대고 의지하고 싶은 심리를 이용하여 가장 약한 부분을 건드린다. '자식이 안 좋다. 네가 죽는다. 운이 막혔다.' 등 극단적인 제시를 해놓고 가짜 약을 준다. '길을 갈라준다. 운을 틔워준다. 명을 구해준다.'는 감정의 약, 약이라고 믿고 먹으면 통증이 사라지는 플라세보 효과처럼 믿는 만큼 느끼는 감정일 것이다.

시어머니 역시 무속 신앙이 있어서 이사하면 절대 사람이 먼저 들어가서는 안 되고 쑥과 고춧가루, 소금을 넣은 솥단지가 먼저 들어가야 한다고 주장하셨다. 시키는 대로 다했지만 1995년에 교통사고로 남편이 혼수상태가 되고 그 후에 뇌수술을 했다. 시어머니에게 "어머니가 하란 대로 다했는데 왜 사고가 났을까요?" 하자 그러니까 안 죽었지, 안 그랬으면 죽었을 거란다. 이 논리를 이길 수가 있을까? 내 어머니에게 물었다. "엄마가 아무것도 안 했으면 춘천의 절대 권력이 내 것이 될 수도 있었는데 참으로 아쉽네." 하니 내 덕분에 ○서방과 이혼 안 한 줄 알란다. 그 논리도 절대 이길 수가 없다.

나이 드신 분들이 살면서 하늘에 빌고, 달에 빌고, 산에도 빌고, 나무에게 빌고, 돌에게도 빌었다. 그것이 무속 신앙의 시작이었다. 그저 빌기만 한 것이 부족하다 느껴 신과 가까운 사람이 나를 위해 자손을 위해 나 대신 빌어주길 바라는 마음을 이용해서 누군가는 돈을 요구한다. 무속 신앙이 많은 사람에게 폐해를 입혀도 지금까지 존재할 수 있는 것은 자식이나 가족을 사랑하는 마음으로 기꺼이 이용당해주는 어머니들이 있었고, 자신을 믿지 못하는 나약한 사람들에게 불안한 암시로 마음을 흔드는 사람들이 있었기 때문이다.

내 안의 영과 육을 완전히 지배하는 사람만이 가장 완전한 나를 만날 수 있다. 정말로 신을 영접하여 누군가의 삶에 도움을 줄 수 있는 능력이 있는 사람이 있다면 누가 봐도 이해할 수 있는 순리적이고 자연스러운 방법으로 도움을 주어야 할 것이다. "누군가의 삶이 헝클어진다. 또는 죽는다." 이런 궤변 말고 진심으로 상대를 위로해줄 수 있는 방법을 찾아야 할 것이다.

왜냐하면 그들만이 신을 만날 수 있고 그들만이 신에게 부탁할 수 있기 때문이다. 자신을 신격화시켜서 그것을 믿는 사람들이 열심히 노력해서 만든 돈을 잃게 하고 사랑하는 자식과 신뢰를 잃게 하고 그들의 삶조차 엉망으로 만든다면 돌이킬 수 없는 시간이 부메랑이 되어 그 자신에게 돌아갈 것이다. 스스로 신이 된 자는 혹

세무민으로 사람들을 도탄에 빠뜨리지 말고 욕심을 버리고 마음을 다해 사람들을 올바르게 인도하는 책임 있는 사회의 지도자가 되기를 진정으로 부탁한다.

복날에
제초제를

2008년 7월 22일 초복이자 토요일이었다. 전날 미리 와있던 여동생과 조카에 이어 제부가 도착한다는 전갈에 부랴부랴 저녁을 차리고 있었다. 한창 부산하게 움직이는데 전화가 울렸다. 받고 보니 남동생이 황급한 목소리로 "누나 큰일 났어. 우리 모두 병원에 가야 해. 낮에 먹은 고추 조림이 제초제 먹고 죽은 고추래." 한다. "뭐? 제초제라고? 근데?" 제초제의 독성을 모르는 나는 그저 막연히 풀이 죽는 약이겠거니 했다. 답답해진 남동생이 목소리를 높였다. "누나, 그거 농약 중에서도 독성이 제일 강한 거야! '그라목손'이란 제초제인데 그거 먹고 살아난 사람이 없어. 지금 다행인 것은 우리가 직접 먹지 않고 간접적으로 먹었지만 당장 병원에 가서 검사를 받아야 해. 뭔 말인지 알았지? 나 지금 집사람하고 병원으로 먼저 갈 테니까 조양리로 올라가서 어머니와 아주머니 모시고 병원으로 빨리 와."

딸깍 전화는 끊어지고 멍하니 섰다가 정신을 차려 방금 도착해

식탁에 앉은 제부에게 대충 설명하고 뛰쳐나와 차를 몰았다. 설상
가상 어머니와 통화가 안 된다. 낮에 넘어지시며 휴대폰을 물에 빠
트렸다 하던 게 생각났다. 가슴이 덜덜 떨렸다. 이웃집 아주머니가
함께 점심을 먹었으니 그분까지 모시고 와야 했다. 두 분을 모시고
원창고개를 넘어오는데 빗길에 안개까지 자욱하게 낀 밤길이 최악
이었다. 8시가 다 돼서야 도착한 성심병원 응급실은 제초제 환자 7
명으로 법석대기 시작했는데, 먼저 가서 피를 뽑고 링거를 꽂고 있
던 남동생이 우리를 보더니 피식 웃는다.

　다행히 피 검사에서 반응이 안 나왔단다. 휴~우 가슴을 쓸어내
리고 어머니에게 "밭에 고추가 그렇게 많더구만 하필 제초제 고추
야?" 했더니 미안하단다. 어깨에 둘러메고 한 손으로 펌프질하며
농약을 주는 통이 있는데 며칠 전 제초제를 주고 다음 날 고추밭
에 벌레가 있어서 살충제를 준다고 타서 줬는데 호스에 소량으로
남겨졌던 제초제가 뿜어져 나오면서 고추가 두 고랑이 죽었단다.
그걸 아깝다고 따다가 오징어를 넣고 조림 반찬을 하셨다.

　초복이라고 낮에 올라가서 삼계탕을 끓여서 어머니와 나, 울 남
편, 남동생, 여동생, 이웃집 아주머니까지 함께 먹었다. 어머니가 고

239

추 조림을 방금 했다며 내어주셨는데 아! 진짜 맛있었다. 원래 울 어머니가 부엌일을 싫어하셔서 음식하고는 거리가 먼데 모처럼 맛있게 하셨다. 그래서 남동생이 "이거 진짜 어머니가 한 거 맞아?" 하니까 우리 남편도 "장모님이 이렇게 맛있게 하시는 줄 몰랐네요." 했다. 우리 모두 어머니 음식이라면 맛이 없다고 알고 있었는데 뜻밖의 반전이었다. 모두의 칭찬에 으쓱해진 어머니가 은근한 목소리로 "청량 고추라 매울까 봐 물에다 하룻밤 울궜더니 하나도 안 맵지?" 하셨다.

1시쯤 먹고 3시쯤에 집으로 내려오면서 남동생과 여동생은 맛있다고 나누어서 싸 왔다. 헤어져 집으로 돌아간 남동생이 올케와 저녁을 먹는데 엄마의 고추 조림이 맛있다며 거의 다 먹어갈 즈음 "이거 혹시 제초제 먹고 죽은 고추를 어머니가 아깝다고 요리하신 거 아냐?" 하는 올케의 말에 아차 싶어 확인했더니, 아무렇지도 않게 그렇다고 대답하는데 남동생은 가슴이 덜컥 내려앉았단다. 농대를 졸업해서 20년째 도청의 농업직에 근무하고 있는 남동생은 제초제의 독성을 너무나 잘 알고 있었다.

황급히 달려오신 내과 과장님은 우리 7명 전원을 입원하라신다.

240

피 검사에서 반응은 안 나왔지만 일단은 지켜봐야 한다며 제초제의 독성을 무섭게 설명하신다. 작정하고 마셨다면 병뚜껑으로 하나인지 티스푼으로 하나인지 용량을 가늠할 수 있는데 이런 경우는 자기도 처음이라 황당하지만, 일단 입원해서 아침저녁으로 추이를 지켜봐야 한단다. 그것 참, 남들은 복이라고 보신을 하는데 제초제 보신을 했다.

농사 삼 년 차인 올 어매가 바닥에 철퍼덕 주저앉더니 "아이고오 선새임요. 내가 야들을 다 죽이뿔라고 맥인 게 아이고요. 아침에 약을 주고 낮에 꼬추가 죽길래 호스로 물을 뿌려가며 다 씻어주고 며칠을 세워놨는데 비가 삼 일을 왔고요. 또 하룻밤을 울과 냈으니 농약은 다 없어진 거 아입니까요?" 한다. 눈물 콧물 훔쳐가며 설명하는 어머니를 물끄러미 쳐다보던 의사 선생님이 "할머니가 그렇게 얘기하시니 우리가 더 애매합니다. 이런 경우는 처음이라서요." 하며 난감해한다.

가족들과 의논 끝에 피 검사에서 반응이 안 나왔으니 입원하지 않겠으며 만일의 경우 병원 측에 책임을 묻지 않겠다는 자퇴서를 쓰고 약을 받아서 나왔는데 으흑, 병원비가 자그마치 50만 원 돈

241

이다. 그래도 이만하길 다행이다. 병원에서 준 약은 갯벌의 흙물이었다. 제초제란 것이 열에도 물에도 중화가 잘 안 되는데 흙에는 중화가 잘돼서 약 자체가 그렇단다. 먹으면 입에 흙이 씹힌다. 그 흙물을 4시간에 한 번씩 4번을 먹으란다. 남동생 내외만 빼고 어머니와 이웃 아주머니 그리고 여동생까지 모두 우리 집에서 함께 자면서 4시간에 한 번씩 그 흙물을 먹었다. 흙물을 먹고 함께 동반되는 설사로 몸속 이물질을 체외로 배출하는 과정이라는 것을 겪느라 밤새 화장실을 들락거린 식구들이 허여무리한 얼굴로 아침을 맞았다.

다음 날 오후에 어머니를 모시고 올라가는데 그 쩡쩡하던 노인네가 풀이 팍 죽었다. "에이고 오십마너이믄, 꼬추가 백근인데 뱅원비로 꼬추 백근이 날아가뿟네" 하시며 깊은 한숨을 쉬신다. "그래도 경찰에 안 잡혀간 게 어디야. 잡혀갈까 봐 병원 바닥에 주저앉아서 의사 선생한테 '아이고 선사임요. 내가요 쟈들을 죽이뿔라한 게 아이고요.' 하며 울기까지 하드만. 흐흐흐. 나 태어나고 처음으로 어머니가 해준 음식 제일 맛나게 먹었네. 엄마, 고추 조림 한 번 더 해주라." 했더니 "시끄러어. 이눈아~" 화를 내다가 갑자기 은근한 목소리로 "맛은 있드나?" 하시기에 깔깔깔 웃으면서 "엄마, 글타고 제초제 꼬추요리 또 하게?” 했더니 막 웃으신다. 덕분에 뱃속에 세균들은 싸악 죽었겠다. 복날에 제초제 보신이라니 이런 복이 있나?

이민 가고
싶어요

이민 문의가 쇄도한다고 했다. 몇 해 전 나도 이민을 생각한 적이 있었다. 주변의 모든 것이 여의치 않고 힘이 들어서 인터넷으로 이민 정보를 모아 보다가 포기했었다. 내가 가고 싶은 선진국들은 투자 이민이나 전문직 또는 젊은 노동력을 원했다. 나처럼 이도 저도 아닌 중늙은이를 받아주는 선진국은 없었다. 결론은 자국의 이익이 되는 집단만을 선별해서 받아들이겠다는 것이었다. 이민을 알아보다가 이 땅을 떠나고 싶어 하는 사람이 많다는 것에 나는 놀랐다.

사람들이 이 땅을 떠나고 싶어 하는 첫 번째 이유는 미세먼지 때문이다. 맑은 하늘을 보기가 힘들고 숨을 쉬기가 불안하니 터져 나온 자구책이다. 이미 오래전부터 시커먼 연기를 내뿜고 다니는 화물차들이 수도 없이 많았지만 아무도 제지하지 않았다. 그저 지나는 사람들이 고개를 돌리고 숨을 참으면서 불편을 감수해야 했다. 각종 유해 물질을 뿜어내는 산업화의 부산물들을 아무런 대책 없이 지켜보다가 잿빛으로 하늘을 뒤덮은 후에야 서로에게 책임을 떠넘기기 바쁘다. 조금씩 우리를 침식해 들어오면서 가끔 한 번씩 경고했지만 아무도 대비하지 않는 사이에 거대한 쓰나미가 되어 우리를 숨도 쉴 수 없게 만들었다. 앞으로는 어쩌면 가슴에 숨 쉬는 산소통을 하나씩 달고 다녀야 하는 날이 올지도 모른다.

지난 대선 때 현 대통령은 미세먼지를 30% 줄여주겠다 공언했지만 그 약속은 지켜지지 않았다. 그 후로도 모든 정치인들은 미세먼지를 테이블에 올려놓고 화두로 삼았다. 하지만 그뿐이었다. 자기들의 당에 유리한 것이 나오거나 상대 당을 공격할 거리가 생기면 미세먼지 따위 먼지처럼 잊고 말았다. 병에 걸린 환자들은 이야기한다. 인체가 자신에게 보낸 신호가 있었는데 자신이 간과했었다며 뼈아프게 후회한다. 같은 이치로 자연이 보내는 경고를 지금이라도 깨달아야 한다. 모든 일에는 적절한 때와 시기가 있다.

두 번째 이유는 공평이다. 우리는 과연 공평한 세상에 살고 있는가? 아마 대다수 국민은 아니라고 할 것이다. 젊은이들은 결혼하지 않거나 결혼은 해도 아이를 낳지 않는다. 공평하고 살기 좋은 세상이라면 정책이 어떻든 누가 뭐라든 자신 있게 추진해야 할 일을 망설이고 겁을 낸다. '삼포 시대'라는 자조 섞인 신조어의 등장은 우연히 재미로 생긴 것이 아니다. 미친 듯이 오르는 집값, 점점 더 벌어지는 임금 격차, 양질의 일자리 부족, 노동 시장의 이중 구조는 청년들에게 이 땅에 대한 기대를 반감시켰다.

부자들은 투자 이민으로 이 땅을 떠나고 인재들은 자신들의 능력과 젊음을 해외로 가져가버린다면 이 땅에 남는 것은 누구일까? 보살피고 돌봐주어야 하는 노인들만 남거나 노동에 아무런 보탬이 되지 못하는 약한 사람들만 남아서 노후화된 나라의 미래는 더욱 암울할 것이다. 젊은이들이 좌절하는 사회를 만들지 말자. 내 나라 내 땅에서 노력하는 만큼 과실이 열린다는 믿음을 주자. 어두운 하늘을 보며 밝고 맑은 미래를 꿈꿀 수 있는 사람은 없다. 전 국민을 우울하게 만드는 하늘을 걷어내고 깨끗하고 맑은 하늘을 보며 밝은 미래를 꿈꿀 수 있는 희망을 주자.

신체가 마음 놓고 숨 쉴 수 있는 하늘을 만들어주세요. 취임사에 언급했던 과정은 공정하고 결과는 정의로운 사회를 꼭 만들어주세요.

춘천에서
살아요

10대 후반에 처음으로 어머니를 따라 가본 서울은 그야말로 별천지였다. 언니의 혼수 준비를 위해 현금을 보자기에 둘둘 말아서 허리춤에 찬 엄마의 호위병으로 따라나선 참이었다. 우리는 많은 현찰을 지녔으니 네가 엄마를 잘 지켜야 한다. 옆에 붙어서 계산할 때 혹시 셈이 틀리지 않는지 바가지를 씌우지는 않는지 꼭 확인해야 한다. 서울 것들은 무섭다더라. 눈 감으면 코도 베어 간다는구나! 어머니의 눈동자가 불안하게 흔들렸다.

엄마만큼이나 불안했던 나는 연신 코를 벌름거리며 경계를 늦추지 않았었다. 꼬리를 물고 늘어선 자동차의 행렬과 최신 유행으로 무장한 사람들로 넘쳐나는 서울의 풍경에 기가 눌려 정신없이 눈을 굴려댔다. 잠시 숨을 돌리고 보니 화려하고 유혹적이긴 한데 무척 피로한 도시였다. 전철에서 내리면 누군가 휘슬이라도 불어준 것처럼 일제히 앞을 향해 뛰어갔다. 주위를 둘러봐도 걷는 사람은 아무도 없었다. 필사적으로 뛰는 사람들을 보면서 이곳은 내가 살

곳이 아니라는 생각이 들었다.

1988년에 처음으로 와본 춘천은 고적한 아름다움이 있었다. 초등학교 교과서에 나왔던 공지천의 팔각정을 가보니 호수와 어우러진 경치가 낭만적이고 아름다웠다. 필사적으로 뛰는 사람들도 없었고 말투는 느릿했다. 이곳에서 살아야지 작정했다. 춘천에서 살기 시작하고 수년 후 어느 날 세상이 싫어지는 아침이었다. 맑은 가을 햇살이 아름다운 날이었다. 무작정 나온 길이라 갈 곳도 계획도 없었다. 마침 지나는 택시가 있어 올라탔다. 택시 기사에게 아저씨가 추천하는 드라이브 코스가 있냐고 물으니 주저 없이 출발한다.

그림 같은 의암호를 돌아 한참을 달리더니 서면으로 접어들었다. 강 옆으로 갈대가 흔들리는 한가로운 들녘이 펼쳐지고 강 건너저 너머로 가을 햇볕이 내리쬐는 아름다운 풍경이 펼쳐졌다. 여기서 내려달라고 하자 멀뚱히 나를 쳐다보는 기사님에게 여기가 맘에 든다고 하며 웃었다. 바바리 자락을 날리며 한가로이 강가를 거닐다 보니 마음이 사치스러워졌다. 사람으로 인해 딱딱하게 굳어있던 마음을 말캉하게 해준 건 자연이었다. 그날 이후 의암호를 돌아 서면으로 한 바퀴를 도는 드라이브 코스는 우울할 때 나를 위로해주는 유일한 길이 되었다.

  시간이 흐르고 40대 중반의 어느 날이었다. 그날은 나의 모든 것이 끝나도 괜찮다고 생각했었다. 집을 나와 어디를 갈까 망설이다가 늘 가보고 싶었던 삼악산을 선택했다. 처음으로 올라가는 힘든 산행에 땀과 눈물이 함께 쏟아졌다. 악산인 탓에 발밑을 보느라 정신없이 올라가다가 잠시 숨을 돌려 뒤를 돌아보니 호수 위의 풍경이 너무나 아름다웠다. 지나간 모든 것은 아름다웠다는 시처럼 나도 살아가다 보면 오늘이 아름다웠다고 말할 수 있을까? 숨을 고르고 난 후 땀을 핑계로 눈물까지 훔쳐내며 정상에 올랐다. 정상에서 호수 위에 떠 있는 붕어섬을 내려다보니 힘들게 올라온 사람만이 볼 수 있는 기막힌 풍경이 거기 있었다. 이겨내고 극복하면 언젠간 나도 오늘을 웃으며 이야기할 수 있을 거란 확신이 들었다. 그날 나의 선택은 최고였다.

  그 후로 나는 힘들면 산에 오르는 습관이 생겼다. 결정하기 힘든 난관에 부닥칠 때 혹은 세상을 놓아버리고 싶을 때, 삼악산도 오르고 드름산도 올랐다. 때로는 문배마을의 산마을 경치와 동동주에 취해보기도 하면서 나를 다독였다. 가끔은 혼자 대룡산에 올라

폭포를 찾아 신선놀음도 해보았고 호수를 품어 안은 자연에 취해서 되지 못한 시를 쓰면서 마음의 사치를 한껏 부려보기도 했었다. 공지천 둘레 길을 걸으며 호수에 비친 달빛을 교교히 바라보는 나무들에 눈 맞춤도 해주면서 31년을 그렇게 보냈다.

호수와 산을 품어 안은 삼악산, 강과 호수가 만난 서면의 둘레 길, 물 햇살이 반짝반짝 빛나는 소양호와 청평사길, 이 모두가 나의 오랜 친구이다. 나를 위로하고 다독이면서 따듯이 품어준 아름다운 자연에 감사하면서 온몸으로 계절을 느낄 수 있는 춘천에서 나는 산다.

말 속의
말

소확행. 소소하지만 확실한 행복! 참 좋은 말이다. 사람들은 소소한 데서 행복과 기쁨을 느낀다. 부부간의 불화나 가족 간의 다툼도 거창한 데서 비롯되지 않는다. 사소하고 작은 것이 오히려 갈등의 원인이 되는 경우가 더 많다. 나부터도 큰일은 아예 서로 이해하고 적당히 배려하지만 작은 일에 더 섭섭하고 상처를 받을 때가 있다.

신조어가 생기면서 '누가 이렇게 이쁜 말을 만들어냈을까?' 궁금했다. 몇 년 전부터 줄임말이 등장하고 처음 듣는 생소한 어휘들이 방송이나 오락 프로에 등장하면서 대화에서조차 세대 차이가 생기는 것이 느껴졌다. 아무 데나 나서고 끼고 싶어 한다 해서 '낄끼빠빠'란 말도 끄덕끄덕 절로 이해가 된다. 바쁜 세상이라 줄임말로 모두 표현할 수 있는 말을 만들어내는 착상이 기발하다. 때론 나도 카톡을 하며 'ㅇ' 하나로 대답을 대신할 때도 있다. '알부자'는 '알바로 부족한 학자금을 채운다'는 뜻이란다. 어른들이 생각하는 알부자와는 완전히 다른 말이다. 힘든 상황을 재치 있고 좋은 말로 바꿔놓았다. '갑통알' 역시 비슷한 말인데 '갑자기 통장을 보니 알바를 해야 한다'는 말이란다. 시대가 변하면서 광범위하게 많이 쓰이는 소개팅, 누리꾼, 대박, 인싸 등과 같은 말들은 국어사전에 등재되었다.

언젠가 우리 딸이 나를 향해 "엄마는 츤데레야?" 하기에 "그게 뭔 소리냐?" 물으니 "할머니가 하라면 '싫어. 싫어.' 하면서 다 하잖아. 그게 츤데레." 한다. 검색을 해보니 새침하고 퉁명한 모습을 나타내는 일본어의 의태어인 '츤츤'과 끈적하게 달라붙는 모습의 '데레 데레'가 합쳐진 신조어였다. 차가운 척하지만 이성 앞에서 180도 달라지는 모습 혹은 쌀쌀맞아 보이지만 잘 챙겨주는 속정 깊은 사람이란 뜻이 있었다. 딸에게 비친 내 모습이란다. 지금의 아이들은 상대가 누구건 싫은 건 싫다고 딱 자르지만 우리 나이는 상대가 어머니거나 연장자라면 거절하지 못하고 끌려간다.

'삼포 시대' 연애, 결혼, 출산 세 가지를 포기한다는 말에는 현실이 너무 투영되어 있어서 안타까웠다. "쉽살재빙이야. 그러니 빠태하고 오하운해." 풀이하면 "쉽게 살면 재미없어. 빙고. 그러니 빠른

태세 전환하고 오늘 하루 운동해." 라며 격려한다. 자조하는 말도 있지만 일어서야 한다며 다독이는 말도 있었다. 문제도 알고 해답도 아는 젊은이들의 감성이 녹아있는 많은 신조어에는 그들의 현실과 그들의 철학이 배어 있었다. 오래 아프지 말고 훌훌 털어내고 일어서서 함께 가자고 이야기한다.

생각해보면 시대를 대변하는 신조어는 늘 있었다. 우리 때도 반응이 느린 사람을 '형광등'이라 불렀고 말이 많은 사람을 '썰푼다'는 말로 놀리기도 했었다. 그때 쓰던 꼰대나 양아치 같은 말은 지금도 종종 듣는다. 우리가 젊었을 때 은어를 쓰면 어른들은 혀를 끌끌 차며 개탄을 하였고, 더러는 좀 더 비약해서 나라의 미래가 걱정이란 말까지 했었다. 각자의 개성이 인정되지 않고 경직된 틀 안에서 획일화된 교육을 받던 시절이었다. 은어는 그 시대의 철학을 담아 분출할 수 있는 유일한 반항이고 언어였다. 우리가 만들어낸 언어는 그 시절 정형화된 사고의 기성세대들과 충돌할 수밖에 없었다.

그렇게 세기말을 지나고 2000년대가 되면서 비약적으로 발전한 신기술은 우리 생활의 모든 분야를 바꿔놓았다. 인터넷의 발달로

박사방 같은 괴물이 탄생되기도 하였고 보이스 피싱이란 신종 범죄에 노출되기도 하지만 유익하고 편리한 점이 더 많다. 모든 일에는 좋은 것과 나쁜 것이 함께 있으니 그 또한 우리의 몫이다. 인터넷으로 파생된 신조어를 따라 하면서 젊은이들의 생각을 들여다보고 그들의 톡톡 튀는 유머를 배웠다. 말을 살펴보면 시대를 읽을 수 있다. 우리 모두의 자식 같은 지금의 젊은이들이 그때의 우리보다 덜 아팠으면 좋겠고, 그때의 우리보다 많이 웃었으면 좋겠다.

오래전에 아리랑을 잠시 배우면서 해학적인 가사를 따라 부르다가 옛사람들의 유머에 감탄했었다. "아니 노지는 못하리라." 놀면 놀고 안 놀면 안 노는 것인데 아니 놀지는 못하리라며 슬쩍 비틀어 놓았다. "흙물에 연꽃은 곱기만 하다. 세상이 흐려도 나 살 탓이지." 강원도 아리랑 가사의 한 대목이다. 그러니까 수백 년 전 그때에도 세상은 흐렸지만 내가 알아서 맑게 살았다는 것이니 얼마나 철학적 유머인가? 지금의 톡톡 튀는 유머가 '갑툭튀'한 것이 아니고 오랜 시간 전해져온 유전자의 힘이었다. 젊은이들이여 아름다운 유전자로 아름다운 말도 만들고 아름다운 세상도 만들어라. 이상 수다스런 어떤 아줌마가 풀은 '썰'이었습니다.

쌈장의
비밀

1998년 인터넷 통신망이 발달의 신호탄을 쏘아 올렸다. '하나로통신'과 '메가패스'의 치열한 대결은 엄청난 광고 횟수를 기록하며 대중에게 파고들었다. 속도의 차이를 설명하는 짧은 영상이 순식간에 사람들의 기억에 남게 하려고 얼마나 많은 공을 들였는지 그들의 광고를 보면 짐작이 갔다. 매달 일정액의 돈을 지불하고 인터넷을 사용하는 것이 나의 생활에 얼마나 도움이 될지 몰라 망설였지만, 광고를 볼 때면 당장이라도 가입하고 싶은 욕구가 일었다.

당시 하늘을 찌를 듯하던 최고의 인기 가수 유승준이 하나로통신의 모델이었다. 검정 바탕의 화면 위를 힘차게 달리다가 갑자기 뒤를 돌아보며 달려오는 치타를 향해 쫙 째려보며 "따라올 테면 따라와봐. 나의 코넷 아이디 쌈장." 하고 외치면서 앞으로 달려 나갔다. 온종일 TV를 보는 어머니에게 그 광고가 강렬하게 각인되면서 문제의 쌈장에 대한 궁금증이 생긴 것이었다. 아이디는 뭔지 모르지만 쌈장이라 하면 쫌 아는 우리네 어머니들이니 당연한 일이었다.

그리고 얼마 후 남동생 내외와 우리 식구까지 모두 7인의 식탁이 차려진 평범한 저녁 식사 시간이었다. TV에서 문제의 쌈장을 외치고 유승준은 사라졌는데 밥을 먹던 어머니가 수저를 슬며시 내려놓으며 나를 쳐다본다. 눈이 마주치자 은근한 목소리로 "야이야. 저 쌈장은 디게~ 비싸냐? 우리도 저 쌈장 좀 사다가 삼겹살 한번 싸 먹어보자. 맨날 앞집에 그것만 사다 먹지 말고 알았지?" 당시 바로 앞에 해찬들 대리점이 있었다. 잠시 수저질을 멈춘 남동생과 올케 그리고 나의 시선이 엉키면서 쌈장의 비밀을 눈치 챈 우리는 한꺼번에 웃음이 터져 나왔다.

쌈장을 모르는 아동과 노약자만 빼고 쌈장의 이유를 아는 우리는 웃음이 멈추질 않았다. 머쓱해진 시선으로 우리를 쳐다보는 엄마에게 "엄마 짱!" 하며 엄지를 치켜드니 "그르케 맛 있으믄 그냥 사 오면 되지. 뭘 그래 웃어 쌌노?" 하시며 멋쩍게 웃었다. 이렇고 저런 거라며 긴 설명을 할 수 없고, 해도 이해가 안 될 것 같아서 대충 얼버무려 마무리했었다. 첨단의 신기술을 짧은 설명으로 이해시킨다는 건 우리 어머니에게 불가능한 일이라 생각했었다.

오랜 시간이 흐르고 그 연령대를 향해 달려가는 요즈음 문득 다시 생각해보았다. 모를 거라고 설명하기 힘들다고 그냥 지나쳐버린 것이 맞는 건지? 차근차근 알아듣도록 설명했어야 맞는 건지? 그때의 어린아이들이 지금 서른이 되었다. 그들이 이다음에 우리와 똑같은 선택을 해서 우리가 모를 거로 생각하고 그렇게 어물쩍 넘긴다면 나는 어떤 기분이 들까? 물론 우리 어머니는 모르는 것이 많긴 하다. 지금도 그때도 아무리 설명해도 문자조차 못 보내시는 분이다.

휴대 전화기를 처음 사용하고 문자를 가르쳐보려 여러 번 시도해보았지만 싫다며 화를 냈다. 첨단 기술을 도저히 따라갈 수 없는 분이라 포기하고 잊어버렸는데 이제 내가 그 나이가 되었다. 가끔 딸에게 컴퓨터 다루는 기술을 물어보면 귀찮아하며 혼자서 빛의 속도로 후다닥 해치운다. "설명하면서 천천히 해야 엄마가 배우지." 하면 "아이, 뭘 배운다 그래? 그냥 둬. 몇 번이나 하겠다고." 하며 퉁명스레 굴기에 서운하고 화가 났다. "네가 평생 엄마와 함께 산다는 보장이 있겠니? 필요할 때마다 찾아와서 모든 걸 해줄 수 없다면 나 스스로 해결하도록 설명을 제대로 해야지."라며 잔소리했었다.

어제 방문한 주민센터에서 백신을 맞으러 왔다는 어떤 할아버지가 직원이 아무리 설명해도 막무가내로 우리 딸이 가서 맞으라 했다는 말만 되풀이하면서 큰소리로 화를 냈다. 직원들이 나서서 우리가 따님하고 통화를 해보겠다 하니 전화가 고장 나서 집에 놓고 왔단다. 번호는 당연히 알 길이 없었다. 화가 난 할아버지의 목소리가 점점 커지면서 똑같은 말만 되풀이하고 있었다. 병원에서 혹은 관공서에서 소통이 안 되는 분들을 보면 본인은 물론 상대도 힘들고 지칠 것을 생각하니 안타깝다.

눈부신 속도로 발전하는 최첨단의 신기술은 때론 젊은이들도 따라가기 힘들다. 나 역시 더 나이가 들면 미처 받아들이지 못하고 회로가 엉키는 날이 분명히 올 것이다. 이해력이 떨어져서 내 생각만 옳다 우기는 고집과 불통의 시간이 째깍째깍 다가오고 있다. 지나간 시간이 태엽을 반대로 감으면서 나를 향해 되감기 시작하는 그 시간을 피하고 싶다. 피할 수 있을까? 아이디와 비번이 가득 적힌 컴퓨터 앞에서 문득 1998년도의 쌈장이 생각나는 건 내가 그때의 어머니 나이가 되고 머리의 회전이 느려지는 걸 느껴서이다. 훗날 첨단의 신기술을 이해 못 하고 먹는 쌈장이라 착각할 때 우리 아이들이 과거의 나처럼 웃으면서 어물쩍 넘길까 봐 미리 심란한 것인지도 모르겠다.

신토불이
무농약

"괜찮다면 나와요. 우리의 사랑이 뜨겁던 우리의 사랑이~~" 열나게 울어대는 핸드폰을 받으며 발신자를 확인하니 산간벽지에 홀로 계신 울 어매였다. "응~ 엄마 나야!" 했더니 문득 하시는 말 "기체후 일향 만강하옵시고 댁네는 모두 무고하신지요?" 하신다. 칼칼칼~ 웃다가 "저희 집은 다 무고하온데 마님은 어떠하옵신지요?" 물었더니 "저야 산간벽지에서 무슨 일이 있겠습니까? 요즘은 공비도 없고요." 크크 심심하신 게다. "공비가 아마도 핸드폰이 공급된 뒤론 없어진 줄로 아뢰오."

2주 전에 가고 안 갔더니 낼모레 주말을 겨냥해서 전화하셨나 보다. 이제는 예전에 비하면 종잇장처럼 얇아진 호랭이 할매가 되어 스스로 나에게 애교도 피우는구나? 마음 한쪽이 휑하니 안쓰러웠다. 이렇게 귀엽게 나오면 안 가볼 수가 없다. 노년에 사람을 불러들이는 방법은 이런 유화책이다. 노년기 어머니의 마음은 수시로 변하여 말도 안 되는 억지를 부리기도 하고 별일 아닌 것을 혼자 부풀려서 벌컥 화를 내기도 했다. 때로는 당신의 상상으로 온갖 드라마를 엮어 모두를 난처하게 만들기도 한다.

마침 어버이날이라 때때옷을 사서 어머니를 뵈러 갔었다. 전날 서울서 먼저 도착한 1차 사절단(둘째 언니)을 어제 데려다주고 오늘 또 가서 큰소리 한번 '뻥' 치면서 "어제 오고 오늘 또 오니 나는 하늘이 낸 효녀여. 글치. 어매?" 울 어매 싱그레 웃더니 "싱거운 소리 말고 밥이나 머거." 하신다. "밥은 무신… 어매 좋아하는 팔봉산 동동주 사 왔는데 어버이날 기념으로 한잔합시다." 좋다고 막걸리 사발을 들이키던 어매가 생각난 듯 사발을 탁 소리가 나게 내려놓더니 "야야~ 클났데이. 꼬추 모가 한 포트에 작년에 7,000원 하던 게 올핸 14,000원이란다. 우야믄 존노?" 하신다. 한 포트에 50개가 들어 있는데 배가 올랐다면 몇백 대를 심는 어머니로서는 꽤 목돈이긴 하겠다.

"에이그 온종일 고추 골 타고 힘들어 죽겠다매, 얼마나 심을라고?" 했더니 묻는 말엔 대답하지 않고 이렇게 저렇게 힘들어 죽겠다는 엉뚱한 소리를 한참을 한다. 원래 농사꾼도 아니고 밭도 옥답

260

이 아니어서 퇴비 값에 뭐에 수익이 안 맞는다고 푸념을 길게 하길 래 "생활에 보탬이 되는 것도 아니고 뭣 하러 그렇게 죽자 살자 하 시는데. 걍~ 서너 고랑만 심어놓고 아침저녁 양산 쓰고 나가서 꼬 추야 안녕. 늙은 내가 와서 미안테이. 젊고 이쁜 우리 딸 오면 델꼬 오께. 쫌만 기달려래이 하면서 아침저녁 화초 키우듯이 들여다 보 는거~ 걔들도 늙은 여자 안 좋아해. 그니까 많이 심지 말라고 오~" 했더니 우리 올케님 웃다가 넘어간다.

가만히 듣고 있던 울 어매가 "야야~ 그럼 쩌쪽에 사는 늙은 할 마이들 오면 고추밭에 들어가지 말라 하까?" 하시길래 "암만~ 늙 은이들 오시면 '그냥 요기서 막걸리나 한 사발 하고 놀다 가소.' 하 고 그늘에서 땡까~ 늙은 할마이들이 뭐하러 힘들게 밭에서 얼쩡대 셔. 이젠 이 마을 할머니들 전부 은퇴하라 그려. 열심히 일한 당신 쉬어라. 어버이날에." 내 말이 끝나자마자 "흥! 말은 좋다만 늙은이 들뿐인 시골에서 소는 누가 키우냐?" 하시네. 쩝.

몇 달 후 추수를 마친 어머니에게서 호출장이 날아들었다. 조양 리에 가서 엄마를 모시고 고추 네 자루와 옥수수 한 말을 싣고 내 려와서 단골 방앗간에 엄마와 함께 맡겨두고 고장 난 차를 고치러 갔다. 한 시간 반 만에 다시 갔더니 엄마가 고추 보따리와 함께 오도카니 앉았다가 날 보며 반색하기에 "많이 기다렸어요?" 했더니 차에 타면서 손을 탁탁 털더니 한숨 한번 쉬고 나서 "에이고, 가을이라고 추수한 것들을 을매나 마이 가꼬 왔는지 한참 걸렸데이~ 어떤 아저씨는 농사지은 거라믄서 꼬추 빻고 조 찧고 했는데 농사마이 했드라. 우리는 피농이다. 피농. 꼬추 육백 대 심은 기 다 죽고 서른두 근이 뭐꼬? 내가 내년에 꼬추를 또 심으믄 내가 확 마 성을 갈아뿔끼다."

깔깔깔 웃으면서 "엄마는 이제 갈아버릴 성도 없을 걸요? 해마다 가을이면 성 갈고 내년에 또 심잖아?" 했더니 또 한숨을 푹 쉬신다. 아마도 다른 사람 누군가의 소출이 부러워 심통이 난 게 분명하다. 이제는 농사도 과학인데 원래 농부도 아닌 어머니가 주먹구구로 혹은 이웃 사람의 충고로 재미 삼아 하는 것을 가을이 되면 옆집은 누구는 하며 속상해한다. 옆집 아저씨만 해도 농촌 지도소에 드나들며 꾸준히 배워서 하는 사람인데 늘 비교하고 마음 상한다. "옆집 아저씨는 농약을 엄청시리 마이 준다매요. 어매는 그 아저씨 반밖에 안 준다믄서? 그니까 우리는 무농약으로 좋은 걸 먹는구나? 생각하면 되잖아요." 하니 눈을 반짝하며 반색하더니

"참말로 니 말이 맞데이, 우리는 무농약 신토불이만 먹지. 암만, 암만." 손뼉을 치며 한참을 좋아라 웃더니 금세 기분이 좋아지셨다.

이후부터 어머니는 당신이 가꾼 고추와 들깨, 가지, 호박, 심지어 상추까지 당신이 수확한 건 무조건 무농약이라며 우기신다. 고추를 빻기 위해 방앗간에 가서도 우리 무농약하고 바뀌면 안 되니 지켜야 한다고 우기시고 들깨 기름을 짤 때도 우리 집 신토불이 무농약이 다른 집하고 바뀌면 안 된다며 지키신다. 무농약은 한 번도 안 주는 것이 무농약인데 실제로 약을 한 번도 안 주고는 농사를 지을 수 없다. 아예 소출을 기대하지 않는다면 모를까? 얼마간의 수확을 위해서는 필요한 약을 적당히 살포하지 않고는 병해충을 이길 수 없고 필요한 영양도 공급해주어야 한다. 적당히 몇 번씩 주었건만 이걸 무농약이라고 해도 되나? 아무튼 어머니의 무농약 신토불이는 앞으로도 쭉 이어질 것이다.

강진
문학기행 1

"모란이 피기까지는/ 나는 아직 나의 봄을 기다리고 있을 테요/ 모란이 뚝뚝 떨어져 버린 날/ 나는 비로소 봄을 여읜 설움에 잠길 테요"(김영랑, 「모란이 피기까지는」 부분) 영랑 김윤식 선생의 이 시를 읽으며 가슴을 파닥이던 청춘이 있었다. 스치는 바람에도 글썽이는 감성을 지닌 소녀 적에 손이라도 베인 듯 아파하며 읽던 시다.

전날부터 나리던 비가 새벽까지 오락가락한다. 베란다를 내다보면서 난감했다. 문화원에서 함께 공부하는 사람들과 춘천수필 소속의 사람들까지 대략 스무 명 정도가 함께 가는 거라 했다. 잘 모르는 사람들과 1박 2일을 간다는 게 마음으로 부담이 되기도 했다. 두 달 전에 신청을 받는데 장소가 여기라 해서 선뜻 신청을 해놓고 내심 고민을 거듭했다. 여기 사람들도 잘 모르는데 아예 모르는 사람들과의 조우라 짐을 싸면서 걱정을 했는데 비까지 보태신다.

춘천을 벗어나면서 비는 그쳤고 눈부신 봄 햇살 아래 강진에 도착했다. 장장 7시간 만의 도착이다. 전라도의 손맛으로 차려진 점심 상을 게걸스럽게 해치우고 시문학파 기념관에 도착했다. 문학 박 사이자 그곳의 관장이신 김선기 관장님이 우리를 반겨주셨다. 우리 나라 서정시의 대표인 시문학파가 결성된 유래와 영랑의 시 세계 를 해설해주셨다. 정치색이나 사상을 배제한 순수 서정시를 지향 한 김영랑, 박용철, 변영로, 이하윤, 정지용, 정인보, 모두 여섯 분이 주축이었다.

2부에는 우리를 위해 특별한 콘서트를 마련해주셨다. 테너 장호 영 씨와 소프라노 윤혜진 씨 부부가 아름다운 가곡과 함께 정채 봉 시인의 「엄마가 휴가를 나온다면」을 낭송해주어서 모두의 가슴 을 촉촉이 적셔주었다. 콘서트를 마치고 2층에 있는 전시관에 올라 가니 1930년에 발행된 『시문학』 1, 2, 3권과 오래된 희귀 도서들이 전시되어 있었고 시인들의 대표 시와 사진들이 우리를 반겨주었다. 뭉클하고 아릿한 느낌으로 그곳을 둘러보았다.

기록과 사진으로 그분을 만났다면 이제는 생가를 둘러보며 그분 을 느낄 시간이다. 생가는 아담한 동산이 병풍처럼 둘러싸여 있어 서 시가 나오고 노래가 나오고 사랑이 나올 만한 곳이었다. 그분의 정서를 느끼면서 생가를 둘러보다가 마당 한 편에 자리한 모란을 만났다. 아쉽게도 꽃은 다 떨어지고 무성한 잎만 남아 있는 모란을 보면서 짧은 시간 화려하게 피었다 한 줌 바람에 후루룩 져버린 모란을 안타까이 쳐다보는 선생의 감성이 내게도 전해져 온다.

저녁을 먹고 사의재 한옥에서 김선기 박사님의 밤 특강이 있었다. 영랑 선생의 시 세계와 그의 젊은 날의 사랑을 이야기하시는데 문득 의구심이 들었다. 선생은 13세에 당시의 조혼 풍습에 따라 김은초라는 여인과 결혼하였으나 다음 해 사별하고 안귀련이란 여성과 사귀다가 선생께서 일본으로 유학 가면서 헤어지게 된다. 그 후 우리나라 최초의 무용가인 최승희 선생과 열렬히 사랑하였으나 집안의 반대에 부딪쳐 헤어지게 되고 선생은 자살 시도까지 하게 된다.

「모란이 피기까지는」이라는 시가 일제 강점기에 나온 시여서 "찬란한 봄을 기다릴 테요"를 해방이 되고 독립되는 날을 기다리는 민족 저항시로 알고 있었는데 아니었나? 궁금함을 참지 못하고 질문을 날렸다. "이루어질 수 없는 사랑을 노래한 건가요?" 하는 나의 질문에 "어쩌면 그럴 수도 있습니다. 사실 그렇게 해석한 사람들도 있어요." 하신다. 해석은 자유이니 각자의 감성대로 해석해서 누군가는 두 주먹 불끈 쥐고 민족정신을 일깨웠을 것이고 또 이름 모를 누군가는 모란이 떨어져 자취 없이 사라지듯 끝나버린 사랑을 안타깝고 슬프게 떠올려서 아름답게 작별했을 것이다.

어느 쪽이었든 암울한 시대에 그분의 고통과 슬픔이 있었기에 퍼 올려질 수 있었던 아름다운 시다. 피 끓는 청춘이 절규하듯 읊어내는 아픔이다. 시대가 거부하고 현실이 부정하고 이상이 달라서 아픈 통증을 삭이면서 잉태되어 세상에 탯줄을 드러낸 시 한 편이 내 마음을 두드린다. 늦은 밤, 잠이 올 것 같지 않아 낮에 보았던 영랑 생가 위의 모란공원을 다시 찾았다. 조명으로 밝혀놓은 공원은 낮보다 더 아름다운 공원이 되어 있었다. 나라 잃은 비통함과 이루어지지 않은 사랑으로 인해 울분과 회환으로 아팠을 선생의 모란이 꽃을 버린 채 별을 헤고 있었다.

강진
문학기행2

온종일 원치 않는 소음에 시달리고 있는 요즈음이다. 일면식도 없는 사람이 친한 척 웃으면서 다가와 인사를 하기도 하고 내용도 확인할 수 없고 출처도 불분명한 글들이 휴대 전화로 배달되어 오기도 한다. 궁금하지도 않은 인물들의 사생활이 시시콜콜 뉴스거리가 되는 지금은 지방선거 기간이다.

진정 저들이 목민관의 자격이 있는 건지, 정말 저들이 가슴 깊이 애민 정신을 가지고 있는지 궁금하다. 청탁을 멀리하며 매사에 공정하게 처신하여 관직에서 물러나는 그날까지 한 점 부끄럼 없이 봉사할 수 있는 사람이 과연 누구인지 생각해본다. 지방선거가 시작되면서 저마다 "내가 해야 한다." 소리 높여 외치는 것을 보면서 강진에서 만난 다산 선생의 『목민심서』가 떠오른다. 백련사와 다산 초당을 거쳐 오면서 그분이 백성들을 가엾이 여겨 울음으로 써 내려간 「애절양」이란 시가 생각났다. 조선 후기의 실학자인 선생은 정조 대왕의 효심으로 탄생된 화성행궁의 건축가이기도 하다.

정조 대왕은 그분의 비범함을 알아보고 성을 쌓는 것과 관련한 서적을 구해서 읽게 하였다. 선생은 『기기도설』이란 책을 참고해서 거중기란 기계를 만들어 당시의 기술로는 10년은 걸릴 공사를 2년 9개월 만에 완공하였다. 규장각에 근무하며 정조 대왕의 총애를 받았지만 정조가 승하하고 어린 순조가 즉위하면서 노론에게 밀려 강진으로 유배를 갔다. 천만 리 낯선 곳에서 천주학쟁이로 몰려 유배를 온 사람을 아무도 상대하려 하지 않을 때 오직 한 사람 주막집 할머니만이 선생에게 방을 내어주었다.

얼마 후 주막집 할머니가 선생에게 말하길 "왜 남자들만 대우해 주고 여자는 천하게 여기며 친정에도 못 가게 하고 사람 노릇을 못 하게 하느냐?" 따지니 선생이 "남자는 하늘이고 여자는 땅이니 당연한 게 아니냐?" 하였다. 할머니가 "아버지가 씨앗의 근원이라면 어머니는 땅의 근원인데 고구마를 심으면 고구마가 나고 호박을 심으면 호박이 날진대, 어찌 땅의 역할이 작다 하십니까?" 하자 선생은 자신의 생각이 잘못되었음을 이내 인정하였다고 한다.

선생은 주막집 할머니의 권유로 제자들에게 학문을 가르치기 시작하였다고 한다. 천하다고 무시하지 않고 뜻을 받아들인 선생의 깊은 인품이 느껴진다. 배우진 않았어도 현명한 생각을 지닌 주막 집 할머니가 존경스러웠다. 신분을 중하게 여기던 그 시대에 할머니와 선생의 정신적 교류는 참으로 고귀하다는 생각이 들었다. 18년의 유배 생활 중 무려 500여 권의 방대한 집필 활동을 하였지만 선생의 대표작이라 불리는 『목민심서』가 지금까지 사람들에게 울림을 주는 이유를 우리는 되새겨 들어야 한다.

무려 200년이 흐른 지금에도 『목민심서』의 내용이 마음에 와닿는 것은 그만큼 부패하고 썩은 관리가 많다는 것이다. 서로 아귀다툼하다가도 자신들의 이권에는 순식간에 합의가 되고 다른 당의 이야기는 무조건 정쟁부터 하려드는 정치인들의 몰염치에 백성들은 피곤이 밀려온다. 국민의 이익보다는 개인의 영리에 눈을 굴리는 그런 정치인을 현명하게 가려낼 수 있는 선거가 된다면 얼마나 좋을까? 다산 선생의 높은 뜻과 이상이 정치인들에게 계승되는 선거가 되길 바란다.

위에서 내려다보며 군림하려들기보다는 낮은 자세로 국민을 사랑하고, 국민은 관리들을 신뢰하고 따르면서 대한민국을 넘어 세계로 아시아의 작은 용이 대륙을 넘어 지구의 중심으로 우뚝 서길 소원한다. 선생께서 열거해놓은 『목민심서』의 내용대로 몸소 실천하고 용기 있게 행동할 수 있는 정치인이 우리에게 필요하다. 모두에게 존경받을 수 있는 어진 정치인이 선출되길 바라면서 강진의 다산초당을 다시 한 번 떠올려본다. 아직도 들리는 확성기 소리는 아마도 며칠 더 들어야 할 것이다. 선출되고 나면 냉랭하게 변해서 오만으로 바뀌는 그런 얼굴 말고 투표 현장을 누비면서 낮은 자세로 구부리고 인사하던 그때의 그 얼굴을 그대로 간직하고 그날의 초심을 절대로 잃지 않는 그런 겸손한 정치인을 간절히 원한다.

딸에게 보내는
편지

찡찡아! 한창 말을 배우느라 "빠빠. 맘마." 하며 입을 달싹이다가도 찡찡아! 부르면 "엉." 대답하며 한쪽 눈을 찡끗 구겨주었지. 서너 살이 되어 한참 집안을 돌아치며 저지를 때에는 "뿌꾸야?" 부르면 "앙." 하며 까르르 웃어주었다. 찡찡이도 되고 뿌꾸도 되던 어린아이가 사춘기를 지나면서 꽃처럼 피어나는 모습이 너무 예뻐 '꼬뿌니'라는 이름 하나를 추가해주었다.

그 찡찡이가 시집을 간다니 대견하고 섭섭한 마음이 교차하는구나! 네게서 결혼 말이 나오면서 엄마는 너의 어린 시절을 떠올려보았다. 딸아! 엄마가 때로는 부족했고 더러는 서툴렀지만 이렇게 반듯이 잘 자라주어 고맙구나. 이제 각자 살아온 서로의 환경과 사고를 버리고 상대와 조화롭게 맞춰가는 시간이다. 때로는 꽃이 피냐고 묻고 있는데 눈이 온다고 대답하는 어이없는 대화를 주고받으면서 서로가 미치도록 답답할 때도 있을 것이다.

그러나 너희들은 무려 9년 동안의 만남이 이어지는 중에 세 번을 헤어져보았으니 더 이상의 헤어짐은 없을 것 같아서 무척 다행이구나. 결혼이란 새로운 우주가 탄생되는 빅뱅만큼 엄청난 일이란다. 이제 너희들만의 새로운 우주가 하나 탄생된 것이다. 서로의 감정을 잘 다스리며 살아가다 보면 마치 오타를 수정하려고 보았더니 문장이 완성되어 있듯이 어느 날 너희들의 근사한 삶이 완성되어 있을 것이다.

딸아, 아들아, 부디 행복해라. 살다 보면 때로 넘어지고 싶을 때도 있고 모두 포기하고 싶을 때도 있단다. 그러나 삶이라는 직업은 누구에게도 예외가 없단다. 바위는 물살에 부딪혀도 아프다 하지 않고 수없이 부딪히면서도 절대 떠밀려 내려가지 않는단다. 힘이 들 때 서로 기댈 수 있는 어깨를 내어주고 나의 세상에 들어온 너를 온전히 받아들여 더 아름다운 세상을 만들어라. 오늘은 너희들만의 창세기가 시작되는 날이다. 지금부터 쓰는 너희들의 새로운 창세기를 멋지고 아름답게 완성할 것이라 믿는다.

딸아, 엄마 아빠에게 든든한 아들을 만들어주어 참으로 고맙구나.

ps. 든든한 아들이 되어준 사위에게 사랑을 전하면서 이토록 반듯하게 키워주신 두 분 사돈께도 이 자리를 빌려 다시 한 번 감사와 존경을 보냅니다. 오래도록 이 아이들의 역사를 지켜보며 우리 함께 아름다운 노년을 기록해나갈 것을 생각하니 두 분 사돈께도 피붙이 같은 정이 느껴지는 오늘입니다. 오늘의 역사는 우리 두 집안의 역사입니다. 이 순간을 축복하기 위해 기꺼이 함께해준 모든 분에게도 감사와 존경을 보냅니다. 오늘 아름다운 한 쌍의 새날을 축복해주신 분들께 세세토록 행운이 함께하시길 빌겠습니다. 감사합니다.

2023년 6월 10일 새로운 우주를 탄생시킨 딸과 아들에게

최정란 산문집

나는 아직도 몽고반점이 있다

1판 1쇄 발행	2023년 6월 23일
지은이	최정란
발행인	윤미소
발행처	(주)달아실출판사
책임편집	박제영
디자인	전부다
법률자문	김용진, 이종진
주소	강원도 춘천시 춘천로 257, 2층
전화	033-241-7661
팩스	033-241-7662
이메일	dalasilmoongo@naver.com
출판등록	2016년 12월 30일 제494호

ⓒ 최정란, 2023
ISBN : 979-11-91668-79-7 03810